写给孩子的
动物文学

U0586478

Hui Zoulu de Niunai

会走路的牛奶

[波]扬·格拉鲍夫斯基等 著　韦苇 译

北京时代华文书局

精彩的动物故事 不朽的生命传奇

韦 苇

工业文明和科技文明的发达，给人类自身造成一种错觉，使人们以为人和人的支配欲可以无限制地挥发，可以任意地奢侈。其实，地震和海啸就告诉我们，人和人的意志不是万能的，"人定胜天"不是一个放诸四海而皆准的不易真理。在地震和海啸面前，自以为万能的人和动物一样，抗拒不了更控制不了发生在我们这个星球心脏部位的激情。地震和海啸其实是把人类放在与动物同样的地位上，人类有时候显得更脆弱更无能，甚至动物已经对地震有预感的时候，人类还茫然无所知。这样来认识大自然，我们就会认识到人类的渺小；这样来思考生命，就能够摆脱"人类中心主义"的立场，就能消除人类对动物的傲慢与偏见，就能消除人类在大自然面前的错觉，承认人类并不是地球的主宰者、不是大自然的主宰者，人只不过是地球上一种能用大脑思考、用语言表达，从而具有物质和精神创造能力的动物而已。只有当我们认识到，地球是一个人与动植物命运与共的大生物圈，地球是人和动植物一起拥有的生存共同体，我们的生态伦理观念才能正确建立起来。这样，我们就会对有些生命意识和生态环境意识特别强的人怀有深深的敬意。所以，大自然文学、动物文学不可能在工业文明、科技文明和城市文明兴起的 19 世纪以前产生。当动物的生存问题因为工业和城市的迅猛发展而引起关注的时候，当作家对动物生命有新的理解的时候，以动物为本位、为重心的动物文学就应运而生了。动物文学作家只不过是用文学来思考大自然、思考生命的一批人，他们把真实的动物世界用艺术的语言经营成一个个精彩的故事、不朽的生命传奇，打造成文学图书的常青树。

动物文学能给孩子以独特的生命教育，从而有助于孩子的健康成长。

儿童从动物文学的形象中获得审美感动，与动物文学里的形象发生共鸣，与此同时，孩子会认识到，动物是一种与人类不同的生命存在，它们的行为可以促使孩子对人类的行为进行反观和反思，促使孩子审察人类自私本性的后果，从而克服人类的骄横和偏见。孩子在受到生命教育的同时，他们的人格也就能够在更宏阔、更丰盈的背景上得到健康的发展。

伟大的大自然文学作家米·普里什文的创作理念，就明显超越了环境保护和动物保护层面上的意义：他的作品激励读者去亲近大地母亲，去和大地和谐相处，去恢复与大自然的良好关系，去关注每一株草、每一棵树、每一种禽鸟野兽、每一座山峦、每一条河流。米·普里什文对大自然的理解，同常人很不一样，他说："我们和整个世界都有血缘关系，我们现在要以亲人般关注的热情来恢复这种血缘关系。"所以他语重心长地说："鱼儿需要清洁的水——我们要保护好我们的水源。森林里、草原上、山峦间，那里有种类繁多的动物——我们要保护好我们的森林、草原和山峦。""给鱼以最好的水，给鸟以最好的空气，给禽鸟野兽以最好的森林、草原、山峦。人总得有自己的祖邦，而保护好了大自然，就意味着保护好了自己的祖邦。"

高大的松树、清澈的湖泊、连绵的山峦、飞跃的松鼠、胆怯的小鹿，以及空气中扑面而来的脂香和果香，使得人的心灵能有一种与天地融为一体的感觉，可以获得从未有过的惬意和满足。

　　飞过天空的野鸭有无形的价值，出没于山间的灰熊有无形的价值；野外的声音、气味和记忆都有无形的价值。此刻，向森林走去，纵然只是向城市中央公园的绿洲走去，去看看鸟们筑在枝丫间的窝巢，我们感觉我们是去朝圣——心灵的朝圣。

目 录 | CONTENTS

好奇心是寻觅、探求、发现、创造的动力源。用动物文学来培养你的好奇心！

——韦　苇

天鹅破冰记

〔俄罗斯〕依·阿拉米列夫

西伯利亚的春天，说变脸就变脸。昨天白天还暖暖和和的，到了夜里就袭来严寒。宽阔的察奈湖又像冬日似的覆盖上了一层青灰色的薄冰，最让人懊恼的是，我的行军气压计预告了气温还将急剧下降。

早晨，我到了察奈湖的一个小岛上。太阳出来了，晶莹的薄冰在阳光下一闪一闪的，那冰面反射的光芒让人感觉到惬意，可心里却仍不免犯愁——这长期的寂静总叫我心生不安！昨天飞来成群的鸟儿。有一些鸟儿飞下来歇上一阵，吃上点东西，以便继续往北地飞去；而另一些鸟儿在岛上拣个地方，就做起窝来。

都聚这儿了！这全都是南方来的鸟儿，它们兴奋不已，它们喧嚷着，叫唤着，鼓噪着，叽里呱啦，咿里哇啦，有几百种呢。翅膀扑动的簌簌声和鸟儿的鸣叫声，震荡着整个辽阔的空。

让倒春寒吓坏了的羽客，有的飞回了南方，连大鹰也在天空消失了——它们本来是很多的，黑压压地盘旋在天空中。

这就说明鸟儿对气压感觉的准确性并不比人差，甚至比人更好。

我捞着鱼。

不知从什么地方传来天鹅"咕噜——咯哩——咯哩"的叫声，我回过头去，看到飞来一群大个子鸟，像一团银晃晃的云彩，在枯黄的芦苇地上空飞翔。

我诧异极了：所有的鸟都离开了结了冰的大湖，偏偏天鹅留在这里！这太不可思议了！我不明白，它们都在这里等什么呢？

天鹅在我捞鱼的地方飞落下来，在冰上不停地徘徊。它们彼此呼唤，互相应答。它们可能是在谈论这春天的冰怎么会这样结实，这里五月的寒冷将持续多久。还有，它们要是没有地方可以觅到食物，那么这饥饿的日子又将怎样挺过去？

突然，一只老年公天鹅微微抬了抬身子，似乎是要飞起来。它用胸膛向镜子般晶莹的冰面撞了一下。

——这是有意识的举动，是强有力的撞击！

冰面被它这一撞，竟微微地凹了下去，却还没有碎裂。那老天鹅继续撞击着，撞击着，它在其他天鹅们面前往同一块冰面撞击，顽强地，不屈不挠地，一下又一下……

其他的天鹅站着，看着这位铁锤般的勇士，看着老天鹅连续撞击坚冰的铠甲。

冰块终于咯咯地发响了，琥珀般的冰片在阳光下迸溅起来。一个小冰窟窿出现了。天鹅撞击着冰窟窿的边缘，于是冰窟窿就渐渐扩大了。有一只天鹅前来相助，接着又是一只，接着又是一只……不一会儿，整个鸟群，总有上千只吧，都行动起来，开始一同来撞击冰面。

那些天鹅忘我地撞击着，干得很起劲。它们不信坚冰能够困住它们，使它们屈服，束翅受饥。在饥饿面前，它们要有所作为！

多么好啊，这些银灰色的鸟！

以前，我以为天鹅是比较娇弱的，它们不过是大自然美丽的装饰品而已。

但是今天我看到的情景改变了我的想法。我看见了鸟类英勇和顽强。此刻，天鹅的形象竟不知怎么地让我联想起了我们的俄罗斯民族，我们国家的人们也就像这群鸟儿，为了生活得更美好而不辞辛苦地无畏地劳动着，不屈服于艰难险阻。

冰窟窿里不时传来天鹅庄严而又充满激情的叫声："咕噜——咯哩——咯哩，咕噜——咯哩——咯哩。"好像是在说："来呀，伙计们，干哪，我们会赢的！"

冰窟窿现在已经变成了一个小小的湖中湖。那些天鹅仿佛是按着命令似的顿然停止了撞击。它们在击碎了的冰块中间挺胸昂首地游来游去，时不时把头扎进蓝色的湖水里。

"咕噜——咯哩——咯哩，咕噜——咯哩——咯哩！"千百只天鹅的呼叫声，震得我的耳朵都嗡嗡作响。这叫声里透着多少愉快啊！

天鹅离我只有四十来米远。我真想跑过去，向它们说几句夸奖的话。

为了不让幸福的鸟儿受到惊吓，我小心翼翼地一步一步后退着离开它们，回我的宿营地去。

生相伴而死相依

〔俄罗斯〕弗·乌斯季诺维奇

富尔科夫是个航标员。他住在遥远大森林的湖边上。除了他那小小的哨所，四下里就再没有第二个住户。很少有人到这儿来。但是富尔科夫却从来不感觉寂寞，因为他一闲下来就去干活：不是打猎就是捕鱼，反正总少不得有事情做。捕鱼的事，他一干起来就会什么都忘了，也不会觉得困乏，也不会觉得肚饿。

富尔科夫几乎天天到离哨所不远的一个小湖旁去转悠。这湖四周长满了树，浓浓密密地围住了湖面。湖里鱼多，多得老人一撒下网去就拖不动了。

老人几十年如一日，就在这个湖边住着。他非常喜欢这个地方。他知道岸上有个小山包，那里他熟悉得闭上双眼都能走上一圈。水底里，什么地方有树桩，不能撒网，他全心里有数。

这个幽静的湖上，富尔科夫对生活在里面的动物都了如指掌。他知道，每到春天，河湾里茂密的菖蒲间就有野鸭在那里筑窝；而到夏天，孵出不久的小野鸭就白天黑夜在沿岸的芦苇丛中钻来钻去，弄出阵阵的沙沙声；再过去些，那里黑压压的枞树林里会不时传来长长的尖哨声，那是松鸡在叫唤呢；而长嘴鹬总是忙忙碌碌的，在湖边浅滩上不停地跑来跑去……

年年都这样。可不承想，后来湖里却发生了一件事儿——说来这事儿还挺新奇的。

有一天，富尔科夫从水底里捞出了几个铁壶，当他无意间抬头遥望的时候，他一眼看见一个令他十分惊异的情景。原来，挨近菖蒲丛那儿摇摇摆摆地游着两只从不曾见过的鸟儿，这新奇的大鸟披着朝霞在涟漪之上缓缓游动，它们白得像两团雪，修长的脖颈弯弯的，好看极了。富尔科夫仿佛感觉自己一下来到了一片仙幻之境。

"天鹅！"老人这么认定着。

每到春天和秋天，富尔科夫都能见到这些候鸟成群结队地从空中飞过。它们飞到哪儿去落脚呢，他不知道。在老人的记忆里，天鹅在这静谧的森林湖里落脚还是头一回呢。

"哦，稀客呢，太好了！"老人不住声地连连叹赏。

天鹅似乎是晓得人在赞赏它们，它们于是骄傲地向四周张望了一下，斜视着自己映在这清澈见底的湖水里的影子。它们久久在同一个地方停留着，最后一起转过身来，很快又到河湾里去了。

从这天早上起，富尔科夫每天都看见这一对天鹅。鸟儿定居在大森林里，把密林当作它们长住的地方。不久，它们就开始在一个小岛上做起窝来。它们用它们强劲有力的嘴把枯萎的芦苇折断，把去年的干瘪菖蒲收集来，拖到它们的小岛上筑巢。等把窝做好，雌天鹅立即在里头产下几枚很大的淡黄色的蛋。

到雌天鹅开始孵蛋的紧要关头，就无论什么鸟都不敢靠近这个小岛了。

野鸭一落到天鹅窝旁的水域，天鹅就立刻凶巴巴、恶狠狠地扑过去，吓得野鸭灰溜溜地落荒而逃。

这样过了许久，富尔科夫在湖边打鱼的时候，忽然来了兴致，好奇地想看看这些天鹅都怎么样了，想知道它们的日子都怎么过。他看见，它们孵出了四只小天鹅，正教小家伙们找吃的呢。小天鹅们长到有野鸭大小的时候，它们一家就搬到那流入小湖的小河里去生活了。老人就知道，这是老天鹅到了它们换毛的时候了。

这时候的鸟现出一副可怜相，通身仿佛被褪了毛似的，大约两周，它们就一直隐蔽在长满矮树林的河岸边，从不到空旷地方来。富尔科夫在湖里摇着小船，常常长久地注视着小岛，可就不见天鹅们雪白的身影。他轻轻叹息了几声。小湖没有天鹅美丽的点缀，显得空寂了，平淡了。

忽然，有一天，密林上空传来了号筒似的声响。老人赶忙走出哨所，他看见天鹅一家子在小湖上空盘旋着，一圈又一圈。这是正午时分，它们在和煦的阳光下洗澡呢。

天鹅们回到小岛上荒芜已久的鸟巢里。小湖又热闹起来，像主人重新回到了被抛废已久的家园那样一片喜气洋洋。富尔科夫又连声赞美这些骄傲的端庄的鸟儿。现在老人已经很难分辨出哪只是老鸟、哪只是新鸟了。想到不远的将来，它们将要离开这里到温暖的地方去过冬，老人就不由得心情凝重起来。

这个令他沉郁的日期渐渐地迫近了。树叶已经一天天枯黄，水草歪歪斜斜、横七竖八地翻倒在清澈的湖水里。不远处，时不时传来群集在沼泽地里的仙鹤们的啼叫声，富尔科夫能在那声音里听出它们对冬临的凄惶。

黑夜愈加冷了，时时刮着北风。

有一天，一大清早，银质号筒般的声音轻轻传到森林的小湖上。富尔科夫抬起头来，就看到一大队天鹅飞翔在九月幽深的天空。候鸟们都在往南飞去，都在跟故乡告别。

就在这时候，天鹅全家呼啦啦从小岛上飞起来。雪白雪白的鸟儿在湖面绕了一圈，就冲高空飞去。老人手搭凉棚，呆呆地，好半天凝望着它们远去的身影。当两行天鹅接连飞起来时，他挥手说："祝你们一路平安！"

突然，富尔科夫发觉有两只鸟儿，一前一后脱离了鸟群，它们慢慢地盘旋着兜圈子，越飞越低，渐渐向密林上空飞落。两只天鹅最后飞落到了水面上，一边不安地骚动，一边在湖面飞快地游弋。

"这不就是那对老天鹅嘛！"老人终于认出来了，"这可让人想不明白了……它们为什么又折转身来了呢？"

这个叫富尔科夫费解的问题，在他的头脑里反复想了好多天。于是他更频繁地到小湖里去转悠，希望能找到问题的答案。然而，他的观察没有找到哪怕一点儿可以破解问题的线索：鸟儿的举动跟平常没有两样，让他看出有些异样的，只是那只公天鹅不知为什么会突然大声鸣叫着飞起来，盘旋在密林上空好半天，看得出来，它是要飞往远方去，不过，它不得不转而又降落到水面上，陪伴在一直相伴相依的雌天鹅身旁，用自己黑色的大嘴去拨动雌天鹅的翅膀，那动作和姿态的亲昵与温柔，看着就让老人心动不已。

让老人感到百思不解的是：这天鹅似乎是不想飞到温暖的南方去过冬了。现在，秋寒已经袭向大地，还在森林和河流里停留的鸟越来越少了，

而这对天鹅夫妇却像什么事情也没有似的，在小岛周围不停游荡，天气恶劣的时候，就悄悄躲在暗褐色的芦苇丛里。

最后，最迟起飞的雁群也飞起来了。寒风在光秃秃的树枝间呼呼啸叫着，雪珠儿在空中一亮一亮地闪烁。小湖沿岸的一圈都已经结上了薄冰；波浪冲击过来，击碎了薄冰的边缘，于是薄薄的冰块就在水浪间漂荡，能漂很长一段时间呢。它们在失去热力的阳光照耀下，反射着微弱的光亮。

最后一队汽轮船顺流开过后，富尔科夫就开始把航标一个个收拾起来。他一心忙着做这事，就没有觉察到时间是怎么从他身边飞掠过去的。一天夜里，雪落到被冰冻得板板的地面上，就不再融化了——西伯利亚漫长的冬季要到来了。

天鹅们不得不迁居到流入小湖的那条河的河口。这河口一带河床的石头上水流是终年流淌不断的，从来不冻结。鸟儿是怎么知道的呢——它们怎么知道河口这一带的水是不会被冰层封冻起来的呢？

这一年的冬天，一来就特别特别的冷。下过一场初雪后还不到一个月，密林就被冻得嘎巴嘎巴地坼裂了。这种情景从来没有见过，就是一月也没有冷到这样的。天鹅们紧紧缩作一团，羽毛根根倒竖，完全没有了夏日湖面上那种矜持，那种高贵，所以也就没有那种骄傲。

"哦，冻得受不了了吧，可怜哪……"富尔科夫连声叹息着在厚厚的冰层上走，"它们一定是饿慌了……我来给它们喂点儿吃的！"

可是老人接着寻思，它们只要再熬些日子，熬过冬天，湖上没有了冰，就不愁吃的了。

湖上封冻了，渔人无事可做了，但是天鹅的事叫他寝食不安。他对它们总放心不下，就天天早晨到这里来，哪怕只从远处瞅一眼呢。老人看见它们钻到水底，找到点什么东西，有时就想："这天鹅个儿大，长得又结实，也许它们能挺过这寒冬的……想想——麻雀个儿那么小，都能熬过寒冬啊……"

一天夜间，袭来猛烈的暴风雪。富尔科夫躺在热炕上，只听得森林呜呜哇哇的啸鸣声，怪吓人的。寒风在烟囱里尖厉地怪叫，干雪像沙粒似的猛力击打着窗户，不时传来噼啪声。后来，窗户被积雪堵住了，小房子里就再也听不到什么声音，俨然是住在地下室里……

早晨，暴风雪停了，天气稍稍暖和了一点。老人走出哨所，踩进没到腰部的厚厚积雪里，艰难地向小湖走去。

河口没封冻住的湖面还像平常那样，只靠近湖边的地方结着蓝幽幽的冰，在阳光下亮闪闪地发光。河水依旧急急地奔流着，往严寒的空气里冒腾起一股股蒸汽，可就是不见天鹅的身影——它们哪里去了呢？

富尔科夫在没有封冻的河口处来回走着，想找到天鹅的踪迹。他用手杖在积雪里撩拨，仔细察看每个隆起的小雪堆。老人都决意回家了，忽然手杖在小河的陡岸下方戳到了鸟儿的躯体。天鹅紧紧依偎在一起，一动不动呆呆蹲在矮树林中间，几乎看不出哪是天鹅哪是雪堆。

老人伸过戴手套的手拍了拍它们。鸟儿纹丝不动。老人又向前挪了几小步，这才明白：天鹅冻死了。

老人难过地低着头，面对冻僵的鸟儿久久伫立。他眼前闪过了一幕幻景：玫瑰色的朝霞映得湖面的涟漪一片粼粼的殷红，一对天鹅骄傲地浮现在涟漪之上……老人随后把天鹅捡起来，在肩膀上扛着，回家了。

这一天，老人一脸愁苦和忧郁，一句话也不想说。

孙女儿杰娜摸摸天鹅："拿它们怎么办呢？爷爷，它们飞不起来了吗？"

"别碰它们！"老人回答的声音沉闷而又低哑。

"我要送它们到博物馆去。这样美丽的鸟，得让大家都有机会看见！"

他仔细地看那只雌天鹅，这时，他突然揭开了谜底，大声对杰娜说："看，快看，你看见了吗？"

"看见了，"女孩回答说，"翅膀上有个肉瘤——准是翅膀被打折了……"

"是啊，是啊，就是因为这！"富尔科夫惊叫起来，"它飞起来，估摸是这样带伤的翅膀不能飞向远方。"

这时，老人想起了夏天他曾注意到雌天鹅不太愿意高飞，就算是飞起来，它也总是比别的鸟要慢得多。

"它正是因为这个，才在这里过冬的……"富尔科夫说，好像是自己回答自己的问题。

"但是雄天鹅，它为什么也留在这里呢？"杰娜问，"它的身体本来是棒棒的呀！"

老人沉吟了半天，从烟斗里深深吸了口烟，然后低声说了一句："生相伴，死相依啊……"

两只仙鹤

〔俄罗斯〕华·普蒂丽娜

一群大鹅在街上走，迎面走来一只仙鹤。鹅们看见踩着高跷走来的鹤，都吓坏了，这些鹅又矮又胖，而这只鹤却又高又长。它长长的腿像套着一双红皮靴，它的翅膀又长又大，喙又尖又长，细颈子就更是长得出奇。

"啊——啊——啊！"鹅们一边叫着一边慌忙逃跑。仙鹤在它们屁股后头紧追不放，不多一会儿就赶过了鹅们，到前头挡住了它们的去路。它站在路中央，一对翅膀紧贴身躯，就像淘气的男孩把两手插在裤袋里，而两只裤袋里装着什么却不得而知。

鹅们见仙鹤摆出的架势，就都急忙朝两边退避。它们跑着，笨拙地摇摆着。仙鹤向它们跳近了一步，在它们中间穿来插去。接着又威风凛凛地站到它前头。它是这样的风姿轻盈，这样的仪态非凡。它的两只翅膀像两只紧贴在裤子褶缝上的手，它就这样瞅着鹅群，模样儿怪惹人笑的。

仙鹤并不是存心要欺负鹅们。它只不过爱这样跟它们闹着玩玩。但是鹅们不知道它这是跟它们闹着玩儿。它们一会儿冲到右边，一会儿突向左边，一下向前跑，一下又朝后退。可仙鹤不管它们怎么逃躲，都能眨眼间

便蹿到了它们的前面。它总是站在那里一下截断它们的去路。它那样子挺认真的，看不出是在跟这些吓得六神无主的鹅们开玩笑。它从高处瞅着它们。它们一点也猜不透仙鹤是在逗它们玩儿。

鹅们全吓蒙了。它们在原地踏步，哎哎叹气，啊啊叫唤。它们叫得这么响，简直豁上命了，它们想，它们这样大声惊叫，屋里的人总会心生疑窦：为什么外面鹅们会这样叫成一片？会出来看个究竟。

我对奥丽娅说："你还记得早上这群鹅来追我的情形吧？它们一只只脖子伸得老长老长，嘻嘻嘻，呷呷呷，追得我直逃。现在我不怕它们了，我再也不用逃了。它们还怕仙鹤呢，我是人哪。"

"怕什么呀！"奥丽娅认为我说得对，"它们是鹅呀。"

奥丽娅跑回家，拿来一把甜豌豆，撒在淘气的仙鹤面前。仙鹤啄着地上撒着的豌豆。鹅们一下就静下来，一只一只怯生生地从它身边溜了过去，慌慌忙忙地跑回各家院子。

我问小朋友："这只仙鹤从哪里来的？还怪逗人乐的呢！"

"它原来生活在河边的。"小朋友回答说，"现在它在斯切潘内奇家住。原来有两只的。有一只让人给打死了。"

"什么人呀？"我大吃一惊——竟有人会去打死这样可爱的鸟！

"打死鹤的那人住那边。"小朋友们还给我指了指临近的一幢房子。我抬眼望了望那房子。那房子没什么特别的，白粉墙，两扇小窗，红瓦。不远处也有一幢房子，也是红瓦房。这就是斯切潘内奇的房子，他喜好养鸟，养平常不大见得着的鸟，他能养得它们驯驯服服。仙鹤就住在他家。

我和奥丽娅，我们两个女孩子相约着到仙鹤家去串门。仙鹤住的家门没关，也没听见狗吠声，我们轻轻易易就走进了院子。

斯切潘内奇刚刚干完早活回来。

他很客气地欢迎了我们。

"我们正准备开饭哩。"他说，"你们请坐吧。"

他端出一锅土豆。锅里还腾腾地冒着蒸汽哩。他把面包、西红柿，还有满满一盘葡萄放在桌子上。一切都安排妥当了，他就开始叫仙鹤了："哎，过来吧！"

原来，他平常就是这样，同仙鹤一同进餐。本来，我心里总也不明白，他为什么刚才说"我们正准备开饭哩"——斯切潘内奇不是独个过日子的吗？现在，一切都明白了。

仙鹤不慌不忙走到桌子边，把头歪向主人。我在长椅上挪出一个位子来，好让仙鹤坐下。我觉得怪不好意思的：我们坐着，这么高贵的鸟却站着。仙鹤自然没有坐，它的长腿站着，就可以让主人喂它了。

"我知道，你是等着吃甜的。"斯切潘内奇亲昵而又温柔地说。

他从衣袋里掏出一小包糖，搁在盒子上。仙鹤欢喜得跳起舞来。斯切潘内奇把糖纸剥开，递给仙鹤，接着剥第二颗，第三颗。

"仙鹤会吃糖果吗？"我奇怪地问。

"我的仙鹤，它爱吃甜食。面包、土豆也爱吃。不过最爱吃的还是甜味的东西。"

奥丽娅看着仙鹤把糖吃进去，长嘴一张一张的，直到把糖果吞下了。斯切潘内奇看出奥丽娅的眼神是想要吃糖，就递给她一颗。

"谢谢！"奥丽娅说。

奥丽娅撕去糖纸，咬起糖来。这回是仙鹤看小姑娘吃糖了。很明显，斯切潘内奇的这糖原来都是专门带给它的。

"好啦，仙鹤，你够了。去玩儿吧。"斯切潘内奇说。

仙鹤很乖，它听话地离开桌边到院子里玩去了。它把院子的每个角落都去细细查看过了，接着又走遍了整个菜园子，然后回到主人身边。

"它是在找另一只仙鹤呢，它找它的伴儿呢，天天这样找呀找呀。"

接着斯切潘内奇对我和奥丽娅讲起两只仙鹤的故事，讲它们怎样成双结对地飞到田野里去，讲起怎样保护小鸡不受老鹰之类袭击，讲有一次它们把临近打成一团的孩子拆散——仙鹤不喜欢他们打架，两只仙鹤就飞起来，各啄打架的两方，直到把孩子们都吓跑了才罢休。两只鹤这还不算，还去追赶他们，直到把他们远远地赶开。它们把这条街调理得稳稳当当、妥妥帖帖。它们喜欢屋外、街上一切都有条不紊。它们还喜欢去迎接斯切潘内奇回家。它们总是走到林子边去等候主人回来。它们一看见斯切潘内奇的身影，就赶快迎上前去，然后三个一道回家，三个一起到桌边就餐。斯切潘内奇坐着，它们站着。

斯切潘内奇讲着两只仙鹤的故事，讲了许多许多感人的事情。接着连声叹息起来。我和奥丽娅也叹起气来。另外一只仙鹤要是还活着有多好呀，我们知道斯切潘内奇心里有多难过。

我们跟老人道别回家，他的仙鹤也出来送别。它送我们直送到井边儿才转身回去。

它小跑着，跳了几下，接着飞起来，飞得很低。它的双腿在空气中扒拉着，它不把双腿往后伸直，是因为它只想飞一小截路。

我们走到奥丽娅的家门口。在花园的栅栏门边，奥丽娅的妈妈马露莎跟一位邻居在聊天。

"你们都上哪儿了？"她问我和奥丽娅。

我们都说我们去斯切潘内奇家了。马露莎和邻居对我们讲起两只仙鹤的故事来，讲了一个又一个。

这时候，有一个人走过奥丽亚家的门口。他放慢脚步，大声说："你们好！"

"您好！"我应声道。

可马露莎和邻居却磨开头，不理睬他。过路人咕噜了几句我听不懂的话，勾下腰，放开脚步没趣地走了。

"你们怎么这样不理人家啊？"我不解地问，"他向你们问好来着，你们得搭理人家才对呀！"

马露莎气呼呼地说："我们要一百年不搭理他。全村人都不搭理他。他打死了那只鹤！"

原来是这么回事儿。原来这就是那个打死了仙鹤的人哪！

全村人都不理睬他。就这样，大家连一声"您好"也不愿意对他说！

母鹅玛尔郭莎

〔波兰〕扬·格拉鲍夫斯基

夏季里的一天，我在一个果园里发现园丁让母鹅看守他的果树。园丁告诉我，保护果园的事，鹅能干得很出色。

"鹅看家比狗还好！"园丁笑着说。

我知道，古时候，鹅救过罗马城。那讲的是鹅用它们的叫声惊醒了在城墙上睡熟了的哨兵，因此高卢人（古时候有过这样一个民族）的夜间偷袭就没有成功。可是我从来也没有想到，我会亲眼看到一只看守果园的鹅。

当我听说秋天园丁准备把鹅宰了吃，我就起了救鹅的念头。我想，一个人怎么可以吃自己的朋友——一个忠实地为自己护家守园的伙伴呢！

我把这只园丁叫"玛尔郭莎"的母鹅买了过来。

玛尔郭莎就睡在我的阳台底下。它不愿意同那些鸭子一起在小房子里过夜。到了冬天，它就搬到洗衣房里去睡，那儿比较暖和些。

后来，母猫"伊姆克"带着它的一家子搬到洗衣房里来了。母猫把小猫安置在玛尔郭莎的窝里，于是母鹅就当起了小猫的保姆。

有一次，我走进洗衣房，看到玛尔郭莎张开翅膀，蓬起浑身羽毛，蹲在它的老位置上。它一看见我，就低声叫了起来，意思好像是说："嘘，安静！别作声——它们在睡觉呢！"

不知什么东西在它翅膀下面微微动弹了一下。我仔细一瞧——嘿！一只小耳朵！一只猫的耳朵！过了一会儿，整个脑袋全露出来了。小猫那双

浅蓝色的眼睛直对着我瞧，接着，它张开了粉红色的小嘴，甜甜蜜蜜地打了一个大呵欠！玛尔郭莎呢，就用它的嘴亲热地啄着小猫的毛皮。

从那时起，只有伊姆克想起要给自己的孩子喂奶，或者打算给它全家洗脸洗澡的时候，它才到它们身边来。平时，就是玛尔郭莎在照管着小猫。玛尔郭莎还领着小猫去散步。当然，干儿女们给它带来许多的不安。母鹅怎么也不容许小猫们在围墙上乱走或者爬上树去。它极力设法把它们拖到地上来。它咬住它们的尾巴。它对它们大叫："爬树是闹着玩的吗？跌下来可就没命了！"

不过，它到底是很聪明的，很快就明白了，爬树是猫的天性，而天性则是无法抑制的，于是它就不再去管这些小家伙了。

可是，小猫一直没有忘记玛尔郭莎曾经是它们的好保姆。它们记得在它的翅膀下是怎样的温暖，所以还是常常到它那儿去睡觉。好心的玛尔郭莎呢，总是把它们搂得紧紧的，关爱备至地用翅膀把它们都严严遮盖起来。

我们的玛尔郭莎还有一种才能——一种真正的才能：它能毫不费力地学会各种各样的动作。你要它怎么做，只要教它一回就行了。

它眯缝起眼睛，说："就这么回事吗？好，就来！"

于是一个新的动作就学会了。它总是做得非常卖力。它很喜欢卖弄它新学会的本领。你们别以为动物是不喜欢别人称赞它们的：它们对于人的赞赏可是非常敏感、非常在意的呢。

邮件什么时候送来，玛尔郭莎十分清楚。到时候，它一定到小门旁去等候邮递员。要是邮递员来迟了，它就非常着急；它还要严厉地责备邮递员呢。它一定要亲自从邮递员手里接过信件和报纸，叼到阳台上来，亲自交到我们手上。

我们的玛尔郭莎最喜欢跳舞。它会跳一种非常精彩的舞：鹅式狐步舞。只要我们口哨吹起随便什么样的舞曲，玛尔郭莎立刻就转起圈子来，扑动翅膀，做出舞蹈姿势。它跳得热心极了。口哨一停，它就停下来，静静地听了一会儿，然后不满地瞅着我们，嚷着说："哎，怎么回事？音乐呢？为什么不继续吹口哨？"

于是，只好再吹起口哨来。瞧这位母鹅舞蹈家快活、奇妙的舞蹈动作，大家都笑了。

谁料，就因为母鹅玛尔郭莎有这种才能，它被一个到我们镇上的马戏团看上了。

有一天，玛尔郭莎正跳着它美妙的狐步舞，我发觉围墙旁边站着一个陌生人。他把胳膊支在围墙上，欣赏着我们这只母鹅神妙的舞姿。

"把鹅卖给我吧！"他大声对我说。

到了马戏团，玛尔郭莎会受苦的，我不卖。

但是，马戏团离开我们这座城市的时候，我们的母鹅玛尔郭莎也不见了。

我的这只母鹅左边翅膀上有一个黑点。你们以后要是在马戏团里遇见一只会跳舞的母鹅，就叫一声"玛尔郭莎"，然后转告它，说我惦念它——我永远不会忘了它。

黑公鸡

〔波兰〕扬·格拉鲍夫斯基

我从集市上买回来一只黑公鸡，身个儿高高大大，眼睛像血一样红，身子闪耀着彩虹般的色泽，长长的尾巴拖到地上，漂亮极了。我刚在院子里放下，它就亮开嗓门喔喔一声，那音量之大，简直就像吹起了大铜号！它伸出一只爪子嚓嚓刨了两下，这才大摇大摆地在院子里迈起方步来。

我家原来就养着一只名叫"白利什"的公鸡，它知道自己根本不是黑公鸡的对手。所以我连哎哟都没来得及叫出口，白利什就已经歪着翅膀躺在地上了。黑公鸡踩在白利什身上，威风凛凛地把它教训够了，接着转身将公鸭打翻在地。母猫看势头不妙，就转身逃跑，跳上围墙，黑公鸡还不放过它，也飞上了围墙！母猫逃到板棚顶，黑公鸡也飞上了板棚顶。母猫从木板缝挤了出去，黑公鸡才被挡在了围墙的这一边，这才算罢休。眨眼间，两条狗夹起尾巴躲进了窝棚，只敢一下一下翻着白眼，在窝里偷偷往外张望。

从这天起，我们头上不顶一把雨伞，就不敢往院子里迈步。我们于是就管黑公鸡叫"强盗"。有一次，卡吉琳娜姑姑头上没遮拦就径自往院子里走，结果被黑公鸡吓进了洗衣房，一个钟头没敢出来，黑公鸡在洗衣房门口，像哨兵似的踱来踱去，把卡吉琳娜姑姑封锁在里面。最后只好把一只篮子套在头上，才冲出了洗衣房。

"强盗"弄得我们有事情只好在街上、在花园里讲，因为它一听到陌生人的声音就咚的一下跳上了围墙。

卡吉琳娜发誓要把黑公鸡宰了烧鸡汤！的确，这"强盗"也太叫我们受不了了。正说要宰黑公鸡烧鸡汤呢，米斯先生的女儿艾琪特卡上我家来了。米斯先生是个鞋匠，我一家人穿的鞋子都是他缝补的。

我非常喜欢这个小艾琪特卡。她的小圆脸像红红的苹果，两边两个小酒窝。一对蓝眼睛好像老是在笑。她简直像小黄雀一样快乐！

糟了！我看到小艾琪特卡时，她已经走到院子中央了！

"艾琪特卡！小心公鸡！"我对着窗外大声对她说。

我说着抓起雨伞，一边走一边把雨伞撑开，准备跑去救护艾琪特卡。

这时，我看见"强盗"按老习惯扇了扇翅膀，喔喔啼了两声，跨开大步，向女孩走去。我吓呆了。今天，艾琪特卡这双美丽的眼睛要保不住了！

"艾琪特卡，快逃！"我喊。可她不但不逃，反而蹲下身子来，望着公鸡眯眯地笑。她的笑声银铃似的清脆，非常动人。

我看到黑公鸡站住了脚步，先用一只血红血红的眼睛瞅了瞅艾琪特卡，再用另一只血红血红的眼睛望了望她。突然，它伸直脖子喔喔一声长啼。但从这叫声里听不出威吓的意思。"强盗"开始发出一种低沉的声音，就像有谁在桥上滚着一只空桶似的，它重新盯着小女孩瞅。这时，艾琪特卡手里正好拿着一块面包，她揉碎了一点，搁手掌上向公鸡伸过去。"强盗"斜眼睨了她一下，又瞧了瞧那只伸过来的手，就啄起她手掌上的面包屑，

一下、两下、三下……

"什么野兽和鸟类我都不怕，"她说，"害怕是最不好的事。要是你不害怕，就是最凶的野兽也不会来碰你一下的！"

黑公鸡向鸡群走去了。

"过来，'强盗'，我还要再给你吃一点面包呢。"她对公鸡说。

"强盗"不但听艾琪特卡的话，而且还让她抚摸自己的羽毛呢。

我急忙跑进屋，抓了三把小米去喂它。从这个时候起，我跟它就建立了良好的关系，用这个办法，我甚至使卡吉琳娜跟"强盗"讲和了。从此以后，我家里就自然而然地再也不谈烧鸡汤的事了。

不过，家外的人，"强盗"只让艾琪特卡一人进。它爱她，常常盼她来。有时晚上，它已经很想睡了，困得跌跌撞撞的，连嘴也冲到地上去了，可是一听艾琪特卡那小黄雀般的清脆笑声，它马上就用嘶哑的的声音喔喔啼唤起来，并且拼命向小门跑去，甚至跑出屋外去，好早些看到它的好朋友。我认为它爱她，尊敬她，是因为她非常勇敢。不管怎么说，"强盗"是一只具有英雄气概的公鸡，它喜欢勇敢的人。

我最后把"强盗"送给了艾琪特卡。不过它有时候也回来看望我们，它是想来照管我们。它总是在叫人意想不到的时候出现。每次来时，它总是先喔喔啼两声，然后就整顿院子里的秩序。这一工作，一直要到艾琪特卡走来找它的时候才停止。那时候，它马上静下来。它马上屈服了。小艾琪特卡要"强盗"做什么，"强盗"就做什么。

说老实话，对于这样一个勇敢的女孩，谁又能不屈服呢？她是一个能用银铃般的清脆笑声去迎接危险的女孩子呀。

会走路的牛奶

〔波兰〕扬·格拉鲍夫斯基

我不是个对狗情有独钟的人。

可是我家简直是个养狗院，简直是个狗旅馆了，干脆说吧，整个儿就是一座狗城。

遗弃在墙根儿的小狗，只要让我看见，只要它混浊的小眼睛看我一眼，只要它的尾巴那么轻轻摇动几下……我就立刻觉得我非养这只狗不可，没它就过不去我情感的坎儿！

就这样，没有办法啊！

我伸手抱起这只被遗弃的小狗，就像是抱起什么宝贝似的，要把它带到家里，放进我的院子。这样，它就成了我的了。

我这个作家，跟天天写人的作家不一样，我爱写狗的事。我非常爱它们。我对它们的认知，远胜于对人。

所以听听我讲关于狗的故事实在是很值得的。要是你们听了觉得我的狗故事还算有趣，那么我请求你们做一件事：爱上你们将要读到的这个小家伙。我跟我豢养着的四脚伙伴们，都会怀着感激的心情来想起你们的。

第一章 雷克斯

你们看，它斜着眼睛瞅着我，那神情多狡猾啊！

它这是在笑我呢。

为什么？

事情是这样的。一次，有一位大娘到我这里来。我看她的头巾里藏着个什么东西。

"您买条塔克萨种的狗吧！"她对我说。

"塔克萨？确确实实是塔克萨？"我问。

"纯纯的，不掺一点儿假！"大娘兴致勃勃地对我说，边说边从头巾里拿出一条小狗来。它是一条色斑狗。

我有些奇怪，我从来没有见过塔克萨种的狗是有色斑的。不过转而我又看到：小狗的腿是弯的，耳朵像牛蒡草叶子似的又大又软，身子修长得叫人有些不敢相信。我弄不懂，它为什么不再长一双腿来支撑它下垂的肚子呢——它那个粉红色肚腹因为少了那一双腿老是要把肚皮拖在地上。

小狗向我走了一步，又走了一步，接着往后退了一步去，边坐下来，边用它晶亮纽扣般的眼睛望着我。接着，它打了个哈欠——哦，一个多么甜蜜多么舒爽的哈欠啊！它站起来，走到我跟前，要爬上我的膝盖。它的双眼瞬刻也没有从我身上移开。

我向它伸过手去。它舔了我一下。

"它会成为一只忠顺的狗，它会很温柔的。"大娘说。

可是，小狗的牙龈发痒了，冷不丁在我手指上狠狠咬了一口。我痛得尖声大叫起来。

就这样，大娘也依然镇静自如："下嘴狠，大起来才是一条最出色的看门狗！一句话，这是一条真正的塔克萨种狗！又温柔体贴，又下嘴凶狠！再说呢，还聪明得像人一样！您要吗？"

"喔，好个我的大娘，"我说，"我的小狗已经够多啦，干吗非让我买这狗呢……"

"塔克萨种的小狗你有吗？货真价实的塔克萨呀，您不想买？"大娘有些恼了。

我皱起眉头。大娘一把抓起小狗，把它侧来转去地乱翻！她一会儿要我看它的脚爪，一会儿要我看它的尾巴，一会儿又要我看它的嘴脸，一会儿又把它的两只耳朵在我鼻子底下摇个不停……她忽而把这个夸耀得如金似宝，忽而把那个赞美得如花似玉！听她那口气，简直连国王宫廷也养不起这样的狗。

最后她问我："你狗再多，有一只是塔克萨吗？"

"没有。"我惭愧地承认说。

"那么您就该买下。钱嘛，等会儿我过来拿。"

说完大娘就转身走了。

事情到这一步，我还能有什么办法？我把这条塔克萨种小狗抱进了院子。

我找来一个藤篮，过去我曾用它装过小狗。我在里面垫了些旧棉花、旧布，这样让小狗睡起来舒适一些，我把新买来的塔克萨放进去。我以为

一切都弄妥帖了，就转身离开了。

可哪里走得开呢——休想！

我的小狗咿呜咿呜大叫起来，叫得连嗓音都变了，然而我一旦走回去，它即刻就不叫了。

"啊呀，你这个家伙，"我想，"纯种就纯在这里吗？还会耍性子呢！好狗是这样难侍候的。"

我捧起藤篮上厨房去，边走边想：这样有脾气的小狗得给它取个名字才行啊。

"可总不能把这样高贵的小狗随便叫个'好朋友'或'小球儿'之类。我看，就把它叫作雷克斯吧。这词儿在拉丁文里就是'国王'的意思。"

我的雷克斯进了厨房后，还是不想安静下来。什么东西它都要跑去嗅一嗅，它到处乱窜乱闻，甚至钻进了食品柜底下（我费了老大劲才把它拖出来），看来它对这里已经习惯了，可是尽管这样，我刚要把它单独留下，篮子里声音又响起来了。

我故意不理会它。你要你的脾气，我也要要点脾气给你瞧瞧！

我走了，把门"嘭"的一声关上。

小狗哀号，小狗哭闹，小狗尖叫……终于，它还是睡着了。

它一直睡到了晚上。

可晚上就更难过了！它大叫大闹，叫闹得我只好去把它抱到我睡的房间里来。

我想，现在总该让我安睡了。然而根本不是那么回事！雷克斯半天养精蓄锐，晚上它开始想玩了：它一会儿跳，一会儿咬我的拖鞋，一会儿抓扒沙发，就这样整整闹了半个夜晚，一直到它跑着跑着把脸"嘭"的一下撞到桌腿上，这下好了，开始安静下来了。看来，它已经意识到：在一个伸手不见五指的房间里没完没了地胡闹是会弄出危险来的。

从那时起，它就把我全管制牢了。我从来也没有碰到过这样淘气的狗！说实在的，它这样放肆是我自己一手造成的，千怪万怪，怪我自己什么都依顺它，什么都原谅它！

我的雷克斯没有一分钟不开心过，它想吃什么我都尽量满足它。

于是，我家里其他的狗它都一概看不上眼。它天天都是头一个到狗食盆跟前，还从其他狗的食盆里抢食，别的狗走到它篮子旁边它都不让。总之，它任何时候任何地方都是惹不起的。

它仿佛是在说：我塔克萨种的狗就是这样的，你们算什么——全是些不中用的，个个都是窝囊废！

当然事情也不像它想的那么顺心。有欺辱就有反抗嘛，它也吃了不少同伴们的苦头。每一次吃苦头，它都来向我诉苦。可是，难道我会去管狗吵架的事吗？它给我带来的麻烦还少吗？傲慢和偏见受到责罚，那是活该！

雷克斯似乎得出这样的结论：跟那些窝囊废少来往少受气。它于是常常是独自一个躺在门口，傻傻地呆望着屋外。

第二章 鸡狗大战

我发现雷克斯并不像大娘说的，是一只纯塔克萨种狗。不过这不重要了，

只要正如大娘说的，长大了能成为一条出色看门狗就行。

雷克斯这样的狗，我知道，不惹出些事来是不可能的。一天，雷克斯去追小鸭子，结果追进了鸡院子！

鸡院子！狗胆敢闯进这个专属鸡的世界，雷克斯少不得要尝尝鸡的厉害了。聪明的小狗是从来不进鸡世界去的。去干吗？莫非狗会吃大麦、小米吗？

只有多事的小狗，有时为了解闷，才跑进那个它不该去的地方。

雷克斯过去曾去过那个地方一两次，找不到它喜欢吃的东西，就把给鸡喝的水喝光了。本来院子里的水多的是，可它就是觉得人家的东西吃起来总要香甜些。

雷克斯刚喝完水，就撞上了老母鸡"秃脑壳"。雷克斯认为秃脑壳很丑，要教训它一下。于是就对着母鸡直冲过去。

老母鸡转身就逃，边逃边大喊救命！

这时白公鸡凯哉克正在院子里溜达。它那高贵的神情就像是一位了不起的大公爵，它一会儿用这只脚随意刨一刨，一会儿用那只脚随意挖一挖……在这儿找到一颗谷粒，在那儿啄到一条蚯蚓。

凯哉克最厌烦的就是吵闹声和叫嚷声。它斜着眼睛瞅瞅嘶声哭叫的秃脑壳。

"怎么回事？"

这时它看见了小狗，立刻明白秃脑壳为什么叫救命。

它怎么敢来欺负鸡？看我教训它一下——立时，它的鸡冠就变得血红。

白公鸡凯哉克偷袭人家，向来是躲在隔墙背后，然后瞅准时机冲出去，一举拿下。

此刻，看雷克斯追过来，它向院子里的鸡们大喊一声：揍它！让它一辈子都记住我们的厉害！

凯哉克像一只兀鹰似的从高处向雷克斯头上扑下去，把它按在地上，用利嘴直把它啄得晕头昏脑！其他的公鸡和母鸡都趁势跳上了小狗的背。

众鸡嘴冰雹似的落在雷克斯的身上。

雷克斯好不容易从鸡们的袭击中挣脱出来，却已经是鼻子和耳朵都被啄得鲜血淋漓……

听见鸡狗争斗的喧闹声，保姆卡捷琳娜提着一桶水走过来。她看见雷克斯血糊糊地从鸡场里跑出来，就知道雷克斯被鸡们教训了："魔鬼，吓坏了鸭子，又撞进鸡场去！"说着，她拎高水桶，对着从鸡场里灰溜溜跑出来的雷克斯，哗啦一下泼过去。

第三章 会走路的牛奶

花园后面有一小块草地。两头母牛在那里吃草。雷克斯没有见过牛，因为牛圈是用高篱笆跟院子隔开的。它现在见到牛——这庞然大物是什么家伙？它惊奇得站住了脚步。

人家告诉它：这是会走路的牛奶。

"牛奶——会走路？"雷克斯更加惊奇了。

的确，雷克斯闻到了一股牛奶的味道。它开始寻找牛奶到底在哪里。

它琢磨了半天，才渐渐弄明白：牛奶在离尾巴不远的地方。也许拉一下尾巴，牛奶就会流出来。

它这么想着，就决意向母牛冲过去。可是要咬住牛尾巴没想象得那样容易。天空正涌动着乌云。苍蝇在下雨前特别爱在牛身上叮咬。牛尾巴不停地左右挥动，尾巴尖儿在雷克斯眼前一会儿闪向东边，一会儿闪向西边。

咬吧！雷克斯扑上去牢牢咬住一头花母牛的尾巴。

母牛忽然感觉到尾巴被什么东西坠住了。起先，母牛还不在意，就还继续吃它的青草，这富蕴甜甜汁水的草太对母牛的胃口了，所以它像没事儿似的用尾巴拍打着苍蝇。

雷克斯被甩到了牛肋骨上。

母牛很快就讨厌尾巴上的重物了。母牛开始使劲挥动尾巴，甩得像投石器似的，要把雷克斯从尾巴上甩掉。

雷克斯被甩到空中，它在空中翻了几个跟斗，随后啪的一声跌在了地上。这下摔得可不轻，它倒在草地上，就像一只四脚撑开的青蛙。

"看来，今天牛奶是喝不成了。"

正巧这时，卡捷琳娜从旁边走过，看到了雷克斯摔在地上的一幕。

"疼吗？魔鬼！不够疼我就再给你几下子！"说着，她抓起了地上的一根棍棒走过来。雷克斯见势不好，赶快翻身起来，溜之大吉。

雷克斯只是爱淘气。它不是魔鬼。魔鬼能包在头巾里，被大娘带上门来卖的吗？

狗妈妈奶大的小羊

〔波兰〕扬·格拉鲍夫斯基

　　我家斜对面有一座空院子。它不算漂亮，也不算难看。为什么总空荡荡的不住人呢？怎么也让人想不明白。往往是这样：不论谁来住，住了没几日就搬走了，离开我们这个小镇了。

　　这个空院子唯一的常住户叫坡佩雷克，一个邮递员。他只住侧屋那两小间。他的妻子已经离世，他自己抚养着一对双胞胎女儿——索希娅和韦希娅。两个小姑娘相像得我常常弄错，我只凭她们小辫子梢端上系的丝带颜色来分辨。她们仿佛是一对浅灰色的小灰猫。她们挺安静，不多言语，有时两个人常常同时说话。她们在院子空地上养着一只褐红色花条纹的黑母羊。她们叫它"小珍珠"。

　　小珍珠简直不是小羊，它聪明和驯顺得出奇。至少，姐妹俩对此深信不疑。小黑母羊像影子一样跟随她们，这倒是一点不假。姐妹俩一叫小珍珠，它立刻咩咩叫唤起来。但再出奇也是一只羊而已。小羊的眼睛看东西总是懵里懵懂的，还常挂着眼泪。然而，我觉得，坡佩雷克家的这对双生女儿喜欢的就是小羊的这副样子。

"你看它多文静呀！"索希娅惊叹说。

"还这么温柔哩！"韦希娅强调说。

真是太好了！小姐妹俩和她们温柔的小黑羊这样彼此相爱，这就够了，还要什么呢？

可不知怎么回事，一连好几天，小姐妹俩不和她们的小母羊出来溜达了。有人说，小珍珠病了。一天下午，小姐妹俩忽然飞快跑进我家花园。两姐妹哭泣着，眼里满含泪水，下颚还哆哆嗦嗦，可怜得连话都说不出来。

"出什么事了？"我问。

"啊呀，伯伯！"索希娅泣不成声。

"你看这样不幸的事，就落到我们头上！"韦希娅说。

姐妹俩眼泪汪汪的，就咿咿呜呜地哭！

我尽力安慰她们，给她们一人一块糖。她们却依旧哭。我又给她们俩糖吃，可这也还是不行。直到我拿出樱桃分给她们，她们才说明白，说是她们心爱的小珍珠要死了……

"那你们哭也没用啊，好孩子，"我说，"死了还能有什么办法。"

"那蜜特卡怎么办呢？"韦希娅问我。说着又哭开了。

"是啊，蜜特卡，我们的小蜜蜜怎么办呢？"索希娅泪眼模糊地说。

"你们还有什么小蜜蜜呀？"我奇怪了，"我还从来没听说过有什么小蜜蜜啊。"

原来是小珍珠生了个女儿，黑得就跟妈妈一个模子里刻出来似的。两个女孩给它取了名字叫蜜特卡——小蜜蜜。小蜜蜜生下才三天，当然用奶瓶喂它还不成，这不是得眼看着小东西活活饿死……

　　我坐下来想帮助坡佩雷克家小姐妹俩的办法。忽然，我想起了我那只"忠顺"——那只狼犬，就对两个小姑娘说："让咱们来试试，你们把你们的小蜜蜜送到我这里来！忠顺心肠好，是条非常好的狗。它正奶它的儿子。说不定它会把你们的小蜜蜜收作它的干女儿的。咱们来试试吧！"

　　姐妹俩就吃惊地看着我。

　　"把我们的小蜜蜜交给一条狗？"索希娅有些不高兴了。

　　"送进狗窝里去吗？"韦希娅怕自己听错了，所以又耸耸肩膀，认为这太不可思议了。

　　"不送进狗窝里去，我没有其他办法可以帮助你们了。"我回答说，"你们的小蜜蜜是什么了不得的宝贝啊，竟不能做我忠顺的干女儿？要是别人都像忠顺这样有一颗金子般的心，那就该谢天谢地了！"

　　两个小姑娘相互看了一眼，都在琢磨着，思忖着，不说一句话，就跑回家去了。

　　她们很快就把自己的小蜜蜜抱来了。

　　"就是它，小蜜蜜。"韦希娅边说边把包裹在小蜜蜜身上的羊皮打开，里面是只小羊羔。

　　"这羊皮，是小蜜蜜的裤子。"索希娅解释说。

　　"有这裤子，小蜜蜜在狗窝里就冻不着了。"韦希娅补充说。

　　我们把小蜜蜜连同裤子抱到狗窝旁边。我唤了一声忠顺的名字，狗就从窝里出来了。它信赖地注视着我但是又不停地摇动尾巴，似乎急于要弄清这是怎么回事。

　　"主人，你有什么事要我做，你就尽管说。你不是知道我窝里还有只

小狗吗？我一时也不能离开它。我要照管好它呀。"

我把包着羊皮的小蜜蜜放在忠顺的狗窝边。小羊羔的样子这样的嫩弱，连站都站不起来。

"这是我们自家的，"我对狗说，"是你亲亲的骨肉呀，狗狗！"

忠顺的眼睛流露着那么多的诚恳，像是在说："这么柔弱的小东西，我能不怜惜它吗？"狗随即小心翼翼地咬住小蜜蜜脖颈上的毛皮，把它叼进窝去了。

狗叼走小蜜蜜时，两姐妹都看呆了。等她们回过神来，就马上抓起羊皮，趴下去，直朝狗窝爬去。

"你们别去打搅它们！"我对两个小姑娘说，"我的狗明摆着是不要你们的羊皮。它可比谁都知道该怎样疼爱你们的小蜜蜜，该怎样养育它的干女儿！"

姐妹俩拿起羊皮，默默站在狗窝前，过一阵就走了。

不过，姐妹俩每天都要来我家院子好几次。她们给忠顺带来一些她们能弄到的好东西，悄悄地放在狗食盆前，然后在狗窝前蹲下来。可是怎么也看不见她们的小蜜蜜——狗窝里黑乎乎的，小蜜蜜也是黑乎乎的，又一直不把它的小脑袋探到明亮的地方来。小姑娘们只见一个毛茸茸的圆溜溜的小红狗脑袋，偶或从里向外张望，样子很像一只小狗熊。这小红狗就是忠顺的儿子。姐妹俩给它取了个名字叫小米夏。大家也就跟着把小红狗叫小米夏了。但是小红狗也不想从窝里走出来。窝以外的世界它都感觉不到趣味。

连日下雨。天气还是冷，毕竟这时节还是早春啊。

终于盼来了太阳。坡佩雷克家两姐妹正好在狗窝边玩呢，突然，我听到她们尖得刺耳的叫声："它在这儿呢！瞧咱们的小蜜蜜！"

我抬眼一瞅，看见一团红颜色的东西正吃力地摇晃着脑袋爬过狗窝那条高门槛。这是小狗——小米夏。它一爬出狗窝，就蹲下来，被冷气呛得打了个喷嚏。这时，小蜜蜜跟着小米夏也爬出门槛来了。小蜜蜜站在狗窝门口，哆嗦着身子，接着，让我惊奇得揉了揉眼睛——那么想象一下：小母羊竟突然蹲下来，那蹲的姿势、模样跟小米夏完全一样。

小米夏在院子里转悠起来。小蜜蜜就跟着小米夏，亦步亦趋。小米夏坐下来，小蜜蜜也坐下来；小米夏扭动身子向前跑，小蜜蜜也一跳一跳跑起来；小米夏爬进水里，小蜜蜜也跟着踩进了水里；小米夏因为浸湿了身子咿呜咿呜哭起来，小蜜蜜虽然身子没浸湿，却也跟着哭起来。看着真是很有意思！

索希娅和韦希娅看着这些，心里其实很不是滋味。她们既不被允许抱抱小米夏，也不被允许抱抱小蜜蜜。不可以把动物当作玩具玩，这是我的想法，而且万一把幼弱的小动物弄伤残了，就会毁了它们一生的。

我把这个想法解释给她们听。然而我的话显然没能说服她们，两个小女孩赌气了。她们不再来我的花园里了。不久，她们就到乡下的姑姑家去了。

小蜜蜜越长越不像它妈妈。它显然"狗化"了。

这狗化是什么意思？狗化就是小母羊的脾性、举止、习惯完全跟狗一样。它一切都像它的干妈妈和干哥哥了。小米夏干的事，小蜜蜜都干。小米夏追母鸡，小蜜蜜也跟着追。小米夏常常受白公鸡的咯咯训斥，小蜜蜜也跟着吃白公鸡的苦头。小米夏动不动就跟鸭子们吵起来，小蜜蜜就把鸭子们

从鸭食盆旁边撵开。小米夏扑麻雀，小蜜蜜就捉蝴蝶。它们同在狗窝里睡觉，同在水塘边玩耍。它们一起在院子狂奔，一起绕着两根木柱子跑"8"字。我家保姆卡捷琳娜拿起笤帚要教训它们的时候，它们一同快快逃开。

小米夏和小蜜蜜只有一点不同——吃食不同。小蜜蜜虽然也把鼻子伸进狗食盆里去吃，但是它吃不到食。还有不由得常叫小米夏目瞪口呆的是，小蜜蜜吃起青草、嚼起甘草来津津有味，小狗当然觉得小母山羊简直太奇怪了——它这一块儿长大的小妹妹居然吃这样令它厌恶的东西！

有一天，我给小妹妹买了一种羊很喜欢吃的东西：一块岩盐。我把岩盐放在筛子里，走进院子将它搁在地上。立刻，小蜜蜜就拿舌头舔起盐块来，舌头快得简直可比风车转动的翼板，这速度快得大概你们从来没见识过！小米夏一见小蜜蜜独舔美食，就唔呶了几声，然后大叫一声，把小山羊拱到一边，着急地用牙齿嘎嘣把盐块咬开！突然，它的鼻子呼了一声，接着就连声大打喷嚏，吐唾沫，再把舌头伸进青草里猛擦起来。从此，当小蜜蜜舔食盐块的时候，小狗就一会儿看看筛子，一会儿看看小蜜蜜——这吃到嘴里会苦得涩嘴的东西，羊妹妹不但不厌恶，还这么喜欢！

"败坏一辈子胃口！"小狗皱起鼻子，悻悻走开了。

别以为小蜜蜜和小米夏对食物的口味大不相同。其实从有些地方看，它们竟也很相似。我家院子里扔着一根大骨头，早已被啃得一绺肉丝都不剩了，只不过一个狗啃着过瘾的玩具而已。有时候院子里实在没东西好玩，闲极无聊，那些小狗就都来咬这个骨头玩具解闷。然而有一天，我看见，小米夏和小蜜蜜居然恰恰是为了这骨头玩具掐起来了。它们结结实实地打了一架，小蜜蜜直打得小米夏哀哀地叫着，夹起尾巴把头钻进了狗窝才罢休。

小蜜蜜就叼着夺得的骨头，在院子里转着跑，蹿过来蹿过去。

直到现在，我看到小蜜蜜和小米夏一起，搭伙到大门口去对着行人吠叫，我甚至一点也不感到奇怪。你们或许会问：小蜜蜜是羊呀，怎么会吠叫？是这么回事：小蜜蜜是用一种低沉的声音，像吹号筒似的叫着。

我的侄女柯丽希娅教会小米夏用后腿站立，没过多久，小蜜蜜竟用后腿走路了，走起来跟芭蕾舞演员都不差分毫。它用前腿做"乞求"的姿势还很像回事儿，那动作比小米夏要灵巧多了——老实说，小米夏是个懒散鬼，做什么事都不太认真。

夏天一过，坡佩雷克家的两个小姐妹从乡下回来了，一迈进家门，第一件事就是上我家来看她们的小蜜蜜到底怎么样了。

她们打开院子门，就一下看呆了——小蜜蜜一下就发现了她们。

它一面叫一面扑过来。小米夏跟在后边。它们一同绕着姐妹俩没完没了地蹦跳，两个小姑娘一时不知怎么办才好，只是憨憨地微笑着。

我听见两个小家伙的叫声，从屋里走出来，给了两个小姑娘一人一块岩盐。

"去向你们的小蜜蜜问好吧。"我说。

小蜜蜜闻到岩盐味道，即刻用后腿站立起来，一面做着乞讨的动作，一面摆动着前腿作揖。

小姐妹俩不由得哈哈大笑。

"太像狗了，太像了！"两个人同声大叫起来。

可索希娅忽然想起什么，说："我们的小蜜蜜再也不会像它妈妈了！"

韦希娅也说："再也不会像它妈妈那样安静又温柔了……"

"那有什么关系呀？"我问，"难道因为这，你们就会少爱它吗？"

索希娅沉思了一阵。

"就让它像现在这样吧。"她小声说。

"它这样，我们也一样喜欢，一样爱的。"韦希娅也说。

小蜜蜜当天就搬到新的住所去，那里没有宽敞的大院子，没有来来往往的客人，让小羊在安静的地方生活，不一样很好吗！

从此，全镇人就都知道坡佩雷克家的小姐妹俩有一只能用后腿站立的羊，于是，大家就都到坡佩雷克家来看稀罕，小院子里就一下子热闹起来。还有谁能有像狗一样的母羊呀，拥有这样的母羊的小主人，确实是值得自豪的。

多有头脑的金花鼠啊

〔俄罗斯〕根·斯内革廖夫

　　我用一根长长的木棒，在森林里支起了一个简易帐篷，虽说算不得是小房子，连窝棚都算不上，但到晚上不妨碍我住在里面。我在帐篷四周铺上长长的桦树皮，再在树皮上压上原木，这样，我的帐篷有了重量，风吹来也刮不走了。

　　我在里面住了几天，我发觉总有谁在我的帐篷里留下些松子皮儿。

　　我怎么也想不起，在我不在时曾有人在我帐篷里吃松子，那么还有谁能进我的帐篷里来吃松子呢？

　　这松子皮来得蹊跷，我的心甚至有点发毛了。

　　有一天，厚厚的云层忽然屏蔽了天空，中午时分，四周一片昏暗，随之，刮起了寒风，直刺我的肌骨。

　　我急忙钻进帐篷，却发现我躺卧、睡觉的地方已经被金花鼠占领了。

　　它蹲在帐篷最阴暗的角落里，两个腮帮鼓鼓的，塞满了松子。它的明亮的眼睛注视着我，不敢把松子往外吐，它大概是担心一吐出来就会被我抢走。

　　金花鼠鼓着腮帮憋了半天，终于憋不住了，才把松子吐出来。它的腮

帮立刻就瘪了下去。

我数了数它吐出来的松子，竟有十七颗之多呢！

金花鼠起先怕我，后来看见我悄无声息地坐在一边，就又开始活跃起来，忙着去把松子一颗颗塞到原木底下的缝隙里，藏好。

金花鼠藏完松子，就放心地跑掉了。我扫视了一眼我的帐篷，竟到处都散落着松子，黄褐色的，颗粒饱满，看得出来，金花鼠就是把我的帐篷当作它储存松子的仓库了。

多有头脑的金花鼠啊！

要是它把松子储藏在森林的哪个角落，难免不被松鼠和松鸦偷光。金花鼠知道，连松鸡这偷食的老手也不敢飞进我帐篷的，所以灵机一动，把松子仓库设在我这里了。现在好了，我见到四处都有松子也不再奇怪了，我知道，一只聪明的金花鼠和我住在一起呢。

驼绒手套

〔俄罗斯〕根·斯内革廖夫

妈妈给我编织了一副连指手套，是用羊绒线编织的。

妈妈已经织好了一只手套，第二只手套织了一半就停下来了，因为毛线不够了。

外面很冷，院子里的皑皑白雪积得厚厚的。我不戴手套，妈妈就不许我出去，怕我冻坏手。

我坐在窗前，望着窗外桦树上有一群山雀在树枝上蹦蹦跶跶，还争吵，想来是为一条虫子分得不均匀吧。

妈妈说："你耐心等一天！明天一早，我就上妲莎阿姨那里去要点儿绒线来。"

妈妈说"等一天"，说说倒是轻松，可我今天就等不及了呀，我现在就得出去玩了！那边，看门的费嘉大叔从院子里朝我们家走来了，他也没戴手套。可我不戴手套就不让出去。

费嘉大叔走进屋来，用掸帚扫去落在他身上的雪粉，说："玛丽娅·伊凡诺夫娜，木柴运来了。我的骆驼载来了好多。你要吗？桦木，很好烧，

烧起来火很旺的。"

妈妈马上穿上大衣，跟着费嘉大叔去看木柴。我从小窗口往外张望，等驮木柴的骆驼来，我就出去看看。

骆驼来了，被拴在木栅上，柴火就从它身上卸下来。骆驼个头高高大大的，耸起的驼峰很显眼，毛茸茸地蓬起，像湿地上的草墩子，歪歪地倒向一边。骆驼突起的鼻子覆满了白霜，嘴总不停地蠕动着，像津津有味地嚼着什么。

我在窗口望着它，心里琢磨："妈妈织手套，毛线不够了，要是去剪些来，补充补充，就够了，只剪下几撮，它不会因此冻着的。"

我这么想着，就马上穿上大衣和毡靴，从抽屉里找出一把剪刀——这把剪刀就收在最上层的抽屉里，跟各种各样的针针线线放在一起。我拿着剪子走到院子里去，来到骆驼身边，往它身上捋捋、摸摸。还好，骆驼并没有发脾气，只是用疑惑的眼光看了看我，嘴里依旧不停地嚼着什么东西。

我爬上拉木柴的车辕，又踩着车辕，爬上驼背，骑在前后两驼峰之间。

骆驼回头瞅了我一眼——谁呀，怎么爬我身上来了？我心里立刻慌张起来，万一它向我吐上一口吐沫，或是把我甩翻下来，可怎么办——这么高？

我悄悄拿起剪刀，剪了一撮驼峰上的毛，没有剪到根，只剪了毛的梢尖。我把铰下来的驼毛塞进衣服口袋里，又转身开始剪后面驼峰上的毛，想把两个驼峰剪成一般儿高。

骆驼扭头，伸长脖颈来嗅我的毡靴。这可把我吓坏了，以为它是要来咬我的脚。然而它只是舔了一阵我的毡靴，又转回头去，慢悠悠嚼动它的嘴巴。

　　我把后面的驼峰剪得同前面的驼峰一般高，然后从骆驼身上爬下来，一到地面，就立即拔腿往屋里跑。我切下一片面包，又往面包上撒了点盐，给骆驼送去，算是我对它给我驼毛的酬劳。骆驼先把盐舔掉，接着把面包吃掉。

　　这时，妈妈从妲莎阿姨家回来了。她回来时看见，第二车木柴都已经卸完。当第二匹骆驼被牵了出来，我剪过毛的骆驼也被从木栅上解了下来，两匹骆驼一起走了。

　　妈妈知道我出去剪了驼毛，就数落了我一顿："你——不戴帽子，会冻感冒的！"

　　是啊，我是慌慌忙忙，连帽子也没戴，就这么裸着个头出去了。我从衣服口袋里将骆驼毛一把一把掏出来给妈妈看，有一大堆呢！跟羊毛没什么不同，只是颜色是褐黄色的。

　　我告诉妈妈，这是骆驼给我的。妈妈一下发怔了——这孩子！

　　妈妈把我剪回来的驼毛纺成了一个大线团，织完了手套，还剩下一些。这下，我可以戴上自己的新手套出去玩儿了，左手戴的是羊绒线手套，右手戴的是骆驼给我的手套，一下就能看出来，因为半截儿是褐黄色的。我一看这手套，就自然想起了那匹骆驼。

浮冰上的小海豹

〔俄罗斯〕根·斯内革廖夫

　　放眼望去，哪儿都是浮冰。阳光下，这些白色的和淡蓝色的冰块闪烁着刺眼的光芒。当我细看时，我发觉我们的轮船是航行在一条窄溜溜的水道上，这条狭隘的航道是我们的船给冲撞出来的。

　　完全出人意料，我看见一对漆黑的眼睛，这对黑眼睛正从慢慢漂过来的冰块上望着我。

　　"停船！停停！有人落水了！"我大声喊叫。

　　船立刻减速，渐渐停了下来，放下一只救生艇，往浮泛的冰块划去。

　　冰块那熠熠闪光的白雪上，一只小海豹就像躺在厚厚的被子上那样，躺在积雪上。

　　海豹妈妈往往是将自己的孩子留在冰块上，要到早上才过来给孩子喂奶，喂完又游走了。小海豹就这样整天躺在冰块上，通身又白又软，像是用长绒毛做成的玩具。要不是那双黑亮闪光的眼睛，我还发现不了它呢。

　　我们把小海豹放在船上。船又继续往前驶航。

　　我拿来一瓶牛奶给小海豹喝，可它不喝，而是向船边爬去。我把它拽

回来。不料，它竟流下眼泪来，一滴，又一滴，而后像下雨似的扑簌簌流个不停。

小海豹在静静地哭泣呢。

海员们你一句我一句地，都说得赶快让它回到那块浮冰上去。大家去求船长，船长很不情愿地嘟囔了一句，可最后还是同意把船开回去。幸好，开辟出来的航道还没再次冻结。我们就顺原路开回去，把小海豹放回到冰块那雪被上，不过不是原来那块浮冰了。

小海豹渐渐停止了哭泣。

我们的船又继续向前驶去。

轮船上的米夏

〔俄罗斯〕根·斯内革廖夫

　　一条轮船里豢养着一头已经驯顺了的狗熊，俄罗斯人都把自己喜欢的熊叫"米夏"。

　　船经过长时间的航行，驶进符拉其斯拉托克港湾。船上的海员都纷纷上了甲板，米夏也想跟着海员一起上甲板。海员们不想让米夏上甲板，就把它锁在船舱里。可它拼命抓门，狂吼不止，叫声连岸上都听得一清二楚。

　　大家只好把它装进铁笼里放到甲板上。却不料，一打开笼门，它一下跳进了海里：它不是为了玩水，而是为了上岸。

　　大家把它从海里捞上甲板后，给了它一个柠檬果。米夏咬了一口，它的脸立刻就拉下来，变得很难看，它把柠檬果吐了出来。它看看大家，很快就弄明白大家是在捉弄它——它上当了。

　　船长不许米夏上甲板，就怕惹出什么事来。

　　甲板上，海员们和另一条轮船的海员们在举行足球比赛。米夏开始是静静站着看的，只是时不时激动得四腿刨动，刨着刨着，就按捺不住，然后，便哈呼哈呼叫嚷着，冲进了比赛场地！

熊一进赛场，就追起球来。啪，它捶打了一下足球，又打了一下！接着不停地猛拍足球，球砰一声炸了！它还上前去重重踩了一脚。

这样的畜生不送回岸上，不放掉它，豢养着是个麻烦。现在它还小，大了就更难办了。还有，它的食量如此之大，使得海员们不得不把自己的食物给它吃，才能养活它；它时而还会搅扰海员们的休息。

大家一致认为一定得把米夏给放回岸上去。于是马上给它套上颈圈，送上岸去的整个过程中还不能让它看见狗——如遇上狗，它就非去追逐不可。

终于，皮颈圈给它套上了。波兹曼·卡利敏科这位全船有名的大力士，一只手拽着它，全体船员帮着，想把它送到动物园去。

来到动物园门口，大家买了入园门票。可好不容易把熊弄到动物园门口，它就死活赖着，不肯进了。

大家急得不知如何是好。这时动物园园长出来了。他说："抓牢你们的熊，别放跑了哟！"

卡利敏科力气再大也抓不牢拴它的皮圈。谁也没本事把它给弄进动物园去。

过来看热闹的人越来越多。

这米夏，在轮船里关了这些天，已经习惯了船上的生活。海员上岸，它就在船梯上等着大家回来。海员从岸上回来，一定会每人给米夏带颗水果糖。只有赏给它水果糖，吃了，米夏才放他上船。没有水果糖赏给它，它就拦住，不放他上船。卡利敏科以为自己力气大，他对着米夏大吼了一声："让开，你好不知羞！"

米夏害怕了，连耳朵都垂了下来，连眼睛都不敢大睁。它就怕卡利敏

科一个人，只听他的。

现在，卡利敏科拽住拴它的皮颈圈，使了把大劲，把它拖进了动物园里。

一进动物园，米夏就安静下来了。它寸步不离海员们，环视四周的一切，看墙上挂着的录像仪，看玻璃围墙里的铁栏杆。

米夏紧紧抓着铁栏杆，久久呆立在那里，两颊鼓得大大的，不停地舔着自己的嘴唇。

忽然，传来卡利敏科的一声大叫："米夏跑了！"

大家一看，果然，米夏不见了！

聪明的箭猪

〔俄罗斯〕根·斯内革廖夫

在土库曼，猎人去猎取箭猪，需带上桦树枝做成的笤帚。

箭猪住的地洞，洞口堆满了箭猪的毛，多半是长长的，有点像头发。这是箭猪背上掉落的软毛。而箭猪尾巴上的毛是硬的，尖利的，在沙地上走，总不免会留下刺划出来的印痕。

因为箭猪背上掉下的毛是成团成团的，而尾巴上掉下来的毛是像针一般尖，所以猎人走近箭猪洞，得一路走一路扫，就跟打扫房间一样。

"好了，现在我们能捉住箭猪了。"猎人高兴地说。

第二天去看打扫过的地方，就可以清楚地看到：新鲜的脚印是向后退着进洞的，而向前的脚印，是箭猪出洞时留下的。天一亮，箭猪就从洞里出来了。

猎人又把它留在沙面上的痕迹扫平。

"瞧，箭猪有多狡猾！不过它休想逃出我的手掌。"猎人想。

第三天傍晚，猎人到洞口看，从脚印辨别，箭猪不在洞里。猎人把笤帚藏在离箭猪洞不远的一块大石头的背后，猎枪也放在笤帚旁边。

　　猎人躲起来。箭猪可是非常敏感的动物。猎人抚弄着他的枪，他听见，箭猪从远处回洞来了。

　　猎人整个晚上都在等箭猪。快天明时，晨光照亮东边的群山，这时传来阵阵胡狼求食的嗥叫声。箭猪还没有回来。

　　"我打不死它，今天我就不是猎人！"猎人决心满满地说。他披上披风，掮起枪，打算回家。

　　他走着走着，想："它跑哪儿去了呢？跑瓜田里去偷甜瓜了？它一闻到甜瓜的香味，就会去拣最甜的甜瓜吃。也许，是到黄连树丛里去吃黄连果了？"

　　就这样，猎人两手空空回到了山村家里。

　　箭猪既没有去偷甜瓜，也没去黄连树丛吃黄连果，而是来到了一眼从岩石间喷溅出来的泉水边。一股清凉的泉水浇下来，它正好可以在一块岩石下的沙滩上冲凉。

　　白天，山下闷热得野兽们都受不了。所以一到天黑，野兽们都纷纷到这眼泉下来洗淋浴。

箭猪到来的时候，一大帮野驴已经先在这里喝水。随后，羚羊来了，土狼来了。它们在这里喝呀喝呀，总也喝不够。

那么，箭猪就得在一旁等候，它等得不耐烦了，尾巴上的箭干就发出当当唧唧的响声，告诉其他动物：它恼怒了。在这个泉水潭边，没有谁惹得起箭猪的，所以大家都知趣地散开了。

箭猪就大模大样走进水潭里去喝水，可忽然鹩鸹叫起来："凯、凯、凯、凯、凯！"叫了一阵，飞走了。豹过来了。

天还没有全黑。箭猪一直喝，没有喝够。它边喝边把尾巴的箭干摇出当唧声来，警告别的动物休来冒犯。它就一直这样摆晃着刺尾巴，走进了自己的洞里。

箭猪回家时，一路上夜露滴滴答答从树枝上落下来。它一路走，一路顺带着挖些嫩树根咬嚼。在黄连树丛间，它收集了不少黄连果。吃不完的，它弄成一堆，然后带回洞里。

箭猪发现它洞口的枯草倒下了，马上警觉起来，张开鼻子闻，在吹过来的风中它捕捉异样的气味：是不是有人来过？

箭猪不进原来的洞，它拐向远处坡地上的另一个洞。它爬进洞去，睡到了天黑。

猎人坐在家里，端着杯子悠悠地喝着茶，边喝边想："这只狡猾的箭猪反正逃不脱我的手心！"

然而猎人不知道，箭猪不只是狡猾的动物，还是聪明的动物：猎人的笤帚对箭猪不管用。

春天的小海狸

〔俄罗斯〕根·斯内革廖夫

　　春天一到，大地上的积雪就很快化了，河水于是猛涨起来，把海狸筑在河边的屋子淹了。

　　海狸只得把自己冬天生养的孩子搬到干燥的枯枝叶堆上，但是水位涨得更高的时候，小海狸就只得赶紧四散逃命了。

　　最小的一只小海狸在逃命途中耗尽了气力，游不动水了。它往水里沉去。

　　我看见这危急情形，不能袖手旁观，赶紧把它从水里救了上来。我起先不知道是海狸，以为是河鼠，后来看它的尾巴是铲形的，才想到是小海狸。

　　我把它救到我家里。它费了老大劲，把自己收拾干净，晾干了自己身上的毛。后来，它在炉子后面找到了一把扫帚，就在扫帚上蹲下，伸前腿捧起一根扫帚丝，啃了起来。

　　小海狸啃扫帚丝，吃饱了自己的肚子，把地上所有的树枝和树叶都扒到一块，垫在自己身下，然后就在上头睡下了。

　　我听见小海狸在梦中呼哧呼哧地喘气。"瞧，说睡就睡着了。"我想，"这小兽一点儿也不闹人哩！可以把它独自留在家里，不会有事的！"

我就把小海狸锁在家里，自己进森林去了。

我带着猎枪在森林里巡视了一个晚上，清早回到家，推门进去……

这是怎么啦？我简直像是一步跨进了木工房！

屋子里到处都是白生生的木屑和刨花，一条桌子腿变得细了许多——小海狸把这条桌子腿从各方向啃，我一进门，它就躲进了火炉后面。

从这次以后，我在森林里碰到海狸啃倒的树，就自然会立刻想起啃了我桌子腿的那只小海狸。

海狸的岗哨

〔俄罗斯〕根·斯内革廖夫

冬天，水已经开始起冻的时候，我在森林河里找到了一个海狸窝。它完全被雪封住了。

这个海狸窝像个雪堆似的耸立在地面。但是顶部被阳光照化了，从积雪的透气孔里冒出一股活物的水汽凝结而成的白雾。四周到处都留着野畜的踪迹。

显然，不时有狼到这个出气孔来嗅嗅，结果什么也没有找到，就走开了。不过，出气孔的周围有许多狼爪挖过的脚印。狼们本来是想从这里挖下去捉海狸的。

狼们是怎么也捉不到海狸的。海狸高耸的屋子是用稀泥构筑的，冬天一冻结，就冻成顽石般坚不可摧了。

春天到来时，我带着猎枪到森林里去转悠。我拿定主意去看看冬日见过的那个海狸屋子。等我走到海狸窝跟前时，太阳已经快落下地面了。海狸窝近旁的一条山溪被杂七杂八的木棒和树枝堵塞了，堰塞成了一个小湖。我踮起脚走近，想看看游出窝来看晚霞的海狸。万想不到，从枯枝败叶里飞出了一只小鹬鹩,它高高翘起它的尾巴,起劲地背着我在那里唱"梯克、梯克!"

我从另外一侧绕过去,可是鹬鹩又跳到那边去叫了。这下惊动了海狸。

我走到鹬鹩鸟跟前,它竟钻进了枯枝败叶堆里,在那里拼命地唱它的"梯克"歌。

海狸听见鹬鹩的叫声,急忙从水底游走了——我只看见海狸冒上来的气泡抖动着,弯弯扭扭摇曳到水面。

我终究也没能见到海狸。

这都怨那只该死的鹬鹩!它的窝就做在海狸窝近旁,跟海狸紧邻而居,给海狸站岗放哨,还一发现有危急的异常情况就立刻拼命大叫,眼睁睁把海狸惊吓走了。

在海狸禁猎区

〔俄罗斯〕根·斯内革廖夫

在沃罗涅什有一块海狸禁猎区。海狸在森林河上生活，它在河里筑拦水坝，在水塘边建自己的小屋。

在海狸禁猎区里不允许砍伐和狩猎，否则会把海狸吓跑。

禁猎区只是为禁猎海狸而设立的，但是鹿、野猪和其他野兽知道，猎人见它们也不会打的，所以它们也经常出现在禁猎区里。

我是在六月来到禁猎区的，我在禁猎区管理员的小屋里住下来。

有一天，我向管理员要了一辆自行车，在林间小路上骑行。

我骑出管理员的屋子已经很远。越往森林深处骑就越幽静，唯听见金莺在河对岸叽叽喳喳地啼啭……

突然，从矮树林里蹦出一只松鼠来，想在我前头穿过小路到对面去。它蹿跳着，临近我车轮也不停下。我赶快扭转车轮，往矮树林骑去，我只得把车子停在矮树林里。"不行！"我想，"最好不要在这样的小路上骑车，这里的野畜根本不怕人的。"

确实也是，这里所有的动物都不怕人。一天早上，一个火车转辙员跑来对我说。

"你看，"他大声对我说，"那铁路桥下正发生什么？"

原来，一只年轻力壮的海狸正逆水浮游。那里，铁路桥下，它正挖一个洞。而火车正隆隆从它头顶驰过。它依旧干它的活，把洞越挖越深。

铁路上的人把海狸捉住，装进口袋里带回来。在口袋里，它一直搅闹不歇。他们为了让它不危害铁路运行安全，把它送到离铁路远些的地方去。

六月的森林是最美好的。

天蓝色的翠鸟从河那边飞过来，在枝头蹲下，久久一动不动。我往水里看。转瞬间，翠鸟钻进水里，逮住一条鱼，又钻出水面，把嘴里的鱼带回窝里去喂养它的幼雏。翠鸟有窝，窝在横向河面的歪脖子树上。

太阳西沉时，就可以看见树洞里一只接一只飞出来的蝙蝠。傍晚正是它们狩猎的最佳时刻。在森林的空地上空，到处都有它们穿飞的身影——这也正是蝙蝠的食物小金虫出来活动的时刻。

六月，是作为飞鼠的蝙蝠繁殖后代的月份，到处可以看到两三只蝙蝠黏附在树枝上或是岩石上，等待蝙蝠妈妈送来虫子供它们充饥。它们个个腹中空空。小蝙蝠吃了这样的虫子以后很快就壮实起来，变得强壮有力。让我吃惊不小的是，这些小蝙蝠敢于跟着妈妈在天空飞来飞去，而事实上，它们还很嫩弱，它们的翅膀还不太有能力飞往空中，然而它们跟着妈妈飞呀飞呀，也就这样很快成长，很快会自己找食了。

黎明时分，公鸡喔喔啼唤声此呼彼应的时候，忙碌了一个晚上的蝙蝠就进洞睡觉了。它们收起自己的翅膀，头朝下倒挂在树枝上——大小蝙蝠一起这样从早上挂到晚上，接着又出去觅食。

谁种的树

〔俄罗斯〕根·斯内革廖夫

河边忽然长出一片云杉林。云杉林周围又忽然长出了一些橡树。它们都很小，都才三片小叶子。

大橡树长在离这里很远的地方。是风把橡树子儿从远处带来的吗？但橡树子儿可是很沉的呀。或许，是有什么人在这里播过种子了吧？

能是谁呢？

我很久都没有猜出来。

秋天，有一次我打猎回来，看见一只松鸡从我身边飞过，飞得很低。

我闪身到一棵大树后面躲起来，一直观察它到底往哪儿飞。松鸡把自己藏到了一个朽烂的木墩下，在那里东张西望：会有谁看见它吗？然后，它向河边飞去。

我走近木墩子，看见云杉林当中的一个凹坑里，有两颗橡树子儿，是松鸡收藏在这里当冬粮的。

原来云杉林里的小橡树是这样长出来的！

松鸡藏橡籽儿，藏着藏着就忘记了，于是，那里就长出来了橡树。

海鸥

〔俄罗斯〕根·斯内革廖夫

在海洋边生活的那些日子，我和打鱼人住在一起。我们木屋后面就是一座黑压压的森林。每当海洋没有风浪，那四周就静谧得能听见啄木鸟从树干里掏虫的声音。

有一天，渔夫们对我说："看，海鸥在海面上转着圈儿飞翔，那是它们在捉鱼。明天，我们也出海捕鱼去。"

第二天，我醒来得很早，连太阳都还没有从海面上升起。四野静悄悄，蔚蓝蔚蓝的水波，一长排一长排的，相继从海面向海岸奔来，又相继一长排一长排地往海面退下去。海洋岸边，海鸥们的红掌轻巧地踩踏着，湿漉漉的沙滩上留下了它们一串串竹叶般的脚印。海鸥一边走一边叫"啊赫，啊赫，啊赫"。这时，另一只海鸥从沙丘后边走出来，也边走边"啊赫，啊赫，啊赫"地叫唤。

"怎么啦，"我猜想，"莫非是它们在海浪里游玩的时候走散了？或者是它们把自己的孩子弄丢了？"

我看着海鸥，看了好一阵，然后才回家。

　　渔民们把渔网从晒杆上收下来，拖到远离海浪的地方，接着往船舱搬进些圆木，再把渔艇推上岸。

　　我一下弄不明白了："这不正是打鱼的好天气吗？怎么你们倒是准备要躲避台风了？"

　　"今天不能下海，"渔民们对我说，"要起台风了。"

　　"天上连云彩都没有，风也没有，这台风从哪里说起？"

　　渔民们伸手指指海鸥，"海鸥还在沙滩上边走边叫，"他们说，"你看那些海鸥，它们在沙滩上不停地走动，是想鱼吃想得焦心哩！"

　　到中午时分，起风了——风越来越大了，越来越猛烈了。我们在屋子里待着。墙外是海洋呼啸的怒号声，大浪时不时撞击着木屋的墙壁，整幢屋子都咔嚓咔嚓晃动起来。渔民们大着嗓门凑近我耳朵，对我说话。

　　而我只听见这么几句："要不是海鸥给我们报警，我们这会儿可就正在茫茫大海里叫苦连天哪——台风要来，是海鸥向我们预告的。"

椋 鸟

〔俄罗斯〕根·斯内革廖夫

我爱到林子里去溜达。林子里一片寂静，只偶或听得这里那里树木咔啦咔啦的响声，这是树木被严寒冻得脆裂、被积雪压断枝条而发出来的。

枞树枝丫上虽然也积满了厚厚的雪层，可它依然挺挺地耸立着，纹丝不动。

我猛踹了枞树一脚。立刻，积雪就成团成团地从树上砸落到我头上。

我赶快掸去身上的雪。就在这时，一个小姑娘走过来了。积雪埋到她的膝盖，让她走得很吃力。她只好走几步就停息一下，等匀过气来再往前走。不过她的眼睛一直盯着枞树的枝丫，仿佛在那里寻找什么。

"小姑娘，你找什么呢？"

小姑娘无意中听到树林里竟有人叫她，不由得吓了一跳，转眼瞅了瞅我，说："不找什么，就随便看看！"

她又只顾往前走。人是小，可她脚上套的毡靴却够大的。

我走上一条林间小路，没再从小路转进树林，因为积雪砸落下来时往我的毡靴里灌进了许多雪。我又转了不多一阵子，觉得靴里化了的雪冰得

我的脚够呛，便转身回家了。

回家路上，我又碰上了小姑娘，她沿小路走在我前面，一边走一边低声抽泣。我追上她，问："你哭什么呢？也许，我能帮助你。"

她上下打量了我一眼，擦干眼泪，说："我妈妈打开小窗户，想透透新鲜空气，波尔卡，我那椋鸟就嘟一下从窗口飞走了，飞进了树林。我担心，夜里它会冻死的！"

"你刚才怎么不告诉我？"

"我怕你把波尔卡捉住，带回自己家里去。"

我就同小姑娘一起寻找起椋鸟来。得赶紧找，不然，天一黑，猫头鹰一出来，它可能就会被抓走吃掉的。小姑娘和我分两路朝两个方向找去，我们每一棵树都不放过。可是哪儿也找不着椋鸟。我都已经想往回走了，忽然，听得小姑娘高兴地大叫起来："找到了，我找到了！"

我忙向她跑过去，她站在一棵枞树下，指着树上说："它在那儿呢！冻坏了——真可怜！"

椋鸟蹲在树枝上，蓬起浑身的羽毛，正用一只眼睛瞅着小姑娘。

小姑娘在树下叫它："波尔卡，乖！飞到我这儿来！"

然而波尔卡只顾紧贴着枞树树干，不肯飞下来。

我只得爬上枞树去逮。

我刚爬到椋鸟跟前，想伸手去捉它呢，它就自己飞到小姑娘肩膀上去了。

这下小姑娘可乐坏了，急忙把它藏到自己的大衣里面。

"不这样，等我到家，它就已经冻死了。"小姑娘说。

我们加紧步子往家里赶。

天已经黑下来了，村里，各家各户的灯都一窗接一窗地亮了起来。只剩不多的路就到家了。我问小姑娘："这椋鸟在你家住了多长时间了？"

"住了好多日子了。"

她走得很快，生怕椋鸟在她的大衣里冻死。我加快步子跟在小姑娘身后。

我们走到小姑娘家门口时，小姑娘转身向我道了声"再见"，就自己走进了自家院子。她在门廊里刮掉毡靴上的积雪时，我一直注视着她，希望她转过身来跟我说句话。

可是小姑娘径自匆匆进了屋，"当"一声闩上了门。

鹈 鹕

〔俄罗斯〕根·斯内革廖夫

那时候，我还很小。我和妈妈一起去动物园玩。妈妈给我买了个大白面包。

"去，"妈妈说，"去喂喂动物吧。"

我把面包掰成三小块，好拿去喂动物。

第一块我喂给骆驼，它吃完后舔了舔我的手，看来它还想吃。可面包块我还得喂其他动物呢，就没有再给它。

我扔给小熊一块，但它躺在角落里，没有看见我扔给它的面包。我对它说："小熊，你吃呀！"

可它好像没有听见我的话，身子依旧朝向另外一边。

面包只剩一块了。

妈妈说："咱们回家吧，动物们都已经累了。它们需要睡觉了。"

我们向出口处走去。

"妈妈，"我说，"还剩一块呢，应该把它给鹈鹕。"

鹈鹕在湖里。

妈妈说："好吧，你快去，我在这儿等你。"

我向鹈鹕们走去。它们都在岸边睡觉，头全藏在自己的翅膀底下。

只有一只鹈鹕没睡，它站在树旁，正梳洗自己的羽毛，做睡前准备。鹈鹕的嘴特别大，而眼睛特别小，却透着机灵。

我手拿面包块从铁栅栏间伸进去。

"快吃，"我说，"妈妈在门口等着我呢！"

鹈鹕停止了梳洗，瞅了一眼我手上的面包，慢慢向我游过来，边游边呷呷欢叫着！

我来不及从铁栅栏间缩回手呢，鹈鹕吞吃面包块时，把我的手也给吞进去了！

我惊叫起来，鹈鹕赶忙放了我的手，嘴大张着，吞下了面包块。

"你怎么还站那里呀？快回来吧！"

鹈鹕躲到树下去了。妈妈问我："面包给鹈鹕了吗？"

"给了！"我说。

"你怎么还把手藏在口袋里呀？"

"没有什么。"

我把这只被鹈鹕吞进嘴的手藏在口袋里，是不想让妈妈看见啊。

我和妈妈回了家。妈妈也没发现我的手被鹈鹕吞进嘴里过——我怕，怕妈妈去骂鹈鹕，那我就白白被鹈鹕吞过一次手了。

只有一只鸥鸟的小岛

〔俄罗斯〕根·斯内革廖夫

海洋航行途中，能看到许多小岛。有的小岛连地图上都没有标出，是不久前才冒出来的。

常常是，一些小岛礁消失了，另一些小岛礁又生出来了。

我们的轮船在辽阔无边的大洋里航行，有时会突然耸起一块时时有激浪拍打的岩石。

有时，途经高耸入云的山崖下，会看见瀑布从山顶直挂下来。

轮船得随时注意绕开海浪中时显时隐的小岛。

船长命令放下汽艇，说："这个岛，像是有动物居住，得上去考察考察。"

我们登上岛去。小岛就是小岛，连苔藓都不见生长，唯见岩石嶙峋。我曾经想过自己试试到一个没人住过的小岛上住些日子。但是这样的小岛我觉得还是没法儿住人。

我正要回汽艇的时候，忽然看见在岩石的缝隙间有一个鸟的头。鸟在看我。我走近去，看到一只海鸥，它把一个蛋下在裸露的岩石上，在那里蹲着抱孵小鸥鸟。我过去拨弄了一下它的嘴壳子，它不害怕，它还没有见过人这种动物。

我觉得很不可思议：难道说，只它一只鸥鸟居住在这个小岛上。激浪不时在岩石上冲起高高的水花，接着哗啦啦倾落在正在抱孵小鸟的鸟妈妈身上。

轮船鸣响了汽笛，催我赶快回船。

我向海鸥说了声再见，就匆匆向汽艇走去。

当船长问起岛上的事，问起岛上都有什么动物生活时，我说了一只海鸥妈妈。

船长非常吃惊："怎么，这可是地图上还没有标出的小岛啊！"

"鸥鸟，"我说，"它要居住，就不会先去查查地图上有没有标明。那就是说，这个岛已经是有动物居民的了。"

蛹

〔俄罗斯〕根·斯内革廖夫

有一天，我在森林里走，四处悄无声息，只听得啄木鸟在松树上笃笃发出响亮的鼓声，还有山雀叽叽喳喳不停地叫。浓霜染得草啊、树啊都一片银白。河里的流水全是黑的。我站在河边，看着清凉的雪水注进黑乎乎的河里。鱼在哪里呢？蝙蝠在哪里呢？蝴蝶在哪里呢？鱼现在还在洞里没出来；蝙蝠还在树洞里睡着没醒来；蝴蝶现在该还在睡眠吧？它们太小了，太柔弱了，一下就冻得不能动弹了。可我还在这里寻找蝴蝶。我想，找不到活的，找到冻死的也好啊。所以我就一直在草丛中仔细搜寻。我只看到一个老鼠挖的地洞，看到一叶甲虫的翅膀。我也往草墩下找，压根儿就没有冻死的蝴蝶。

在松树下的枯苔藓里，我也细细地翻寻了一遍。我还刨开土找，倒是找到了枯枝般硬邦邦的虫蛹，颜色是深褐色的。只是它不像是一小截树枝，而像没有翅膀、没有腿的僵死蝴蝶。

回家后，我把我从森林里找到的这个虫蛹给父亲看。他问我是在哪儿找到的，我说是在松树下发现的。

"这是松彩蝶的蛹。"父亲说。

我问："它僵死了？"

"没有，没有僵死。它原来是活的。这会儿虽是僵硬，等春天一到，你会看到它是另外一个模样的东西。"

我简直不能相信："它原来是活的！只是现在还僵着，等到春天，死的莫非就变活了吗？"

我把虫蛹放进了一个空火柴盒里，又把火柴盒扔到了我自己的床底下。时间一久，便全忘了这回事儿了。

春天一来，雪化了，树绿了。有一天清早，我醒来，听见床底下窸窣窸窣响个不停。

谁在我床底下捣鬼呢？

我想该是老鼠吧，窸窣窸窣，窜来窜去，咬咬这咬咬那。 我打开火柴盒一看。从里面唰啦一下飞出来一只金黄色的像松皮那样的蝴蝶。太突然了，我来不及逮住它。我不知道哪来的蝴蝶。我放进火柴盒里的是僵硬的像一小截枯枝般的蛹啊。

蝴蝶飞出了窗户，飞到了长满松树的河岸边。我看了一眼空火柴盒，想："它原来可是僵僵硬硬的蛹啊！"

野猪群

〔俄罗斯〕根·斯内革廖夫

我们菜园里的土豆开始熟了。森林里的野猪天天晚上跑到我们的菜园里来，它们一来就是一大群。

父亲没到天黑就穿上棉衣，掂起平底锅到菜园里去，哐哐哐敲。

父亲用敲打平底锅的办法吓唬野猪们。

然而野猪非常狡猾：爸爸在这头敲，野猪群在那头从地里拱我们的土豆吃。拱翻了多少土豆地啊，糟蹋了多少土豆啊！

父亲气坏了。

他从一个猎人那里借来了一支猎枪，往枪筒里塞了些白纸——这样，夜里子弹打到什么地方好一下就看清楚。可当父亲这样正儿八经去对付野猪群的时候，它们这个晚上倒是不到我们菜园里来抢掠了。该死的是，第二天，饥肠辘辘的野猪群扑过来，吃得更狠，糟蹋得更厉害！

"这样下去，"我爸爸说，"到冬天咱们就要没土豆吃了！"

我也跟父亲一起想驱赶野猪群的主意。

我们有一只叫穆尔卡的猫，它和孩子们经常玩在一起。

　　我让孩子们把穆尔卡捉来，喂给它一块煮得香香的肉，又喂给它一块淋过几滴煤油的肉。那块煮过的肉穆尔卡一下就吃了，而淋过煤油的肉它一闻就远远地跑开了。孩子们看了觉得很奇怪。而我对孩子们说，第二块肉上，我念过符咒、施过魔法的。

　　我就拿定主意用煤油去驱赶野猪群。

　　晚上，我在喷水壶里灌进煤油，然后带上喷水壶到菜园里去，给整个园子都喷上煤油。

　　这天晚上，我没睡觉，一直醒着等野猪群来。野猪群这个晚上没来，第二天夜里也没来。它们怕了。不管它们往菜园的哪个角落跑，没有一处是没有刺鼻的煤油气味儿的。

　　我去看野猪脚印，脚印全通向了森林。它们没敢再到我们的菜园里来了。我们的土豆保住了。我给孩子们讲了煤油的知识。父亲朗声笑着说："野猪群不怕猎枪，却被呛鼻的煤油味吓跑了。"

米海依的小船

〔俄罗斯〕根·斯内革廖夫

城里实在是住腻味了，所以春天一到，我就到乡村去，找我的老熟人米海依，在他家住些日子。米海依是渔民，他在塞维卡河边上有一幢不大的房子。

米海依天蒙蒙亮就划船去钓鱼。塞维卡河里多的是个头很大的狗鱼。狗鱼很凶，有它们，河里其他鱼——个头小一些的鱼，日子就不好过了，整天都战战兢兢的。譬如斜齿鳊吧，即使侥幸从狗鱼嘴里逃出来，身上的鳞也已经被咬去了一多半，就像是遭梳子刮了几下一样。

每年，米海依都需赶上车，进城去买专钓狗鱼的鱼钩，可总是抽不出时间来。

有一天，米海依运气不好，没钓到鱼，他从河上回来，一句话不说，就把小船拽到牛蒡草丛里，吩咐我别让邻居家的孩子划他的船下河去，自己就默默进城买钓狗鱼的钓钩了。

我坐在窗前，望见一只鹡鸰在米海依小船里蹦蹦跳跳。

鹡鸰蹦跳了一阵，自己飞走了。邻居家两个孩子——韦嘉和他的妹妹塔妮娅走到小船边。韦嘉仔细检查了一番小船，接着就把它往河里推。塔妮娅站在河岸上看着韦嘉。韦嘉喊她一起来推。于是他们兄妹俩一起使劲把小船推进了河里。

一个钟头以后，兄妹俩回来了。

我问他们有什么发现。韦嘉想着，没有作声。塔妮娅皱起鼻子，她在想我的问题——有什么发现呢？

"我们看见河边沙滩上有鹭鸶的脚印。"塔妮娅小声说。

"我们还看见一条蛇在水里游，只把脑袋露出水面。"韦嘉说。后来他们想起来说，河边上的水蓼花开了，还想起水里有睡莲举在水面的白花骨朵。韦嘉讲了他所见的最有意思的事：一群小鱼被狗鱼追得一个劲儿逃命，竟至于高高蹦出水面来。塔妮娅捉住了一只大蜗牛，大蜗牛背上还驮着一只小蜗牛……

"这些不都是你们的发现吗？"我问。

我想起米海依托我管住小船别让孩子们动的话，就赶紧溜回了家。

海豚鼠

〔俄罗斯〕根·斯内革廖夫

我家花园围了一道板墙。板墙那边住着谁，我从来不知道。最近，我才知道。那是因为我在草丛中逮蚱蜢，看见有一只眼睛从板墙的洞里看着我。

"你是谁？"我好奇地问。

那露出眼睛的孩子不吱声，只是直直从那窟窿里朝我看。他看着看着，后来说话了："我有一只海豚鼠。"

这可有意思了，普通的豚鼠我知道，而海豚鼠还没见过呢。

"我养过一只刺猬，"我说，"为什么豚鼠是'海'的呢？"

"我不知道，"他说，"也许以前它曾在海里生活过。不过有一次我把它放在洗衣盆里，可它怕水，钻出来，跑桌子底下去了！"

我很想看看海豚鼠。

"哎，"我说，"你叫什么来着？"

"塞廖沙。你呢？"

我和他交上了朋友。塞廖沙回家去把海豚鼠拿来给我看。我从板墙窟窿里看着他消失了背影，过了好一会儿，又见他手里拿着个大老鼠样的小动物从家里出来了。

"这就是。"他说，"它不能走，它快生孩子了，所以它不让人碰它的肚子，一碰就大叫！"

"它的黑点在哪里？"

塞廖沙觉得非常惊讶："什么黑点？"

"什么黑点？所有豚鼠头上、鼻子上都有块黑点的。"

"没有，我们买来时就没有黑点的！"

我问塞廖沙，该喂它什么吃。

"它呀，"他说，"爱吃胡萝卜，也爱喝牛奶。"

塞廖沙还来不及讲完，就有人来喊他回家了。

第二天，我在板墙边溜达，不时朝那窟窿里看，心里盼着塞廖沙能出来，把海豚鼠抱出来。可是他一直没出来。滴答，滴答，下起了雨。我寻思，他妈妈该不会在这样的时候放他出来吧？我在板墙边随便走了一阵，发现有个熟悉的棕黄色的东西在草地上趴着。

我走过去一看，没想到那竟是塞廖沙的海豚鼠。我可开心了。可我怎么也不明白，它怎么会跑到外面花园里来呢？我仔细看了看板墙，原来板墙下方有个洞。海豚鼠准就是从那个洞里钻过来的。我把它抱起来，它没有咬我，只是一个劲儿闻我的手指头，大口大口喘着气。它浑身湿透了。我把它抱回家，想找胡萝卜喂它，但是找了好一阵没找到。我给了它一根洋白菜茎干。它吃完，就爬到床底下的地毯上，睡着了。

我坐在地板上，瞅着它。我想："要是塞廖沙知道海豚鼠在别人家，他会怎么样？不！他不会知道。我不让海豚鼠往外跑。"

我走到门廊里，趴着往窟窿里看，只见一辆载重汽车叽嘎叽嘎响了一阵后就停在了塞廖沙家院子里，几个人正往汽车上搬东西。塞廖沙拿一根棍棒往门廊底下捅，捅了好久，他准是在找他的海豚鼠。塞廖沙的妈妈一边把几个枕头往车上放，一边喊塞廖沙说："塞廖沙，穿上大衣，我们要走了！"

塞廖沙竟"哇"一声哭了起来。

"不，没找到海豚鼠前，我不走！"

我一下觉得心里很不是味儿，就把他喊到板墙跟前。

"塞廖沙，"我问，"你找什么？"

"海豚鼠，我的海豚鼠不见了，我在离开前必须找到它！"

我就对他说："你的海豚鼠在我这儿呢。它跑到我家花园里来了。我现在就抱来还给你。"

"哦，"他说，"太好了，我一直在琢磨：它能跑哪儿去呢？"

我立刻去抱来海豚鼠，从板墙窟窿里递过去。

塞廖沙的妈妈大声喊他，汽车启动的轰隆声响了起来。

塞廖沙抱过海豚鼠，对我说："你等着——它生下小海豚鼠，我一定给你一只！再见！"塞廖沙坐上了汽车，他妈妈给他披上雨斗篷——下雨了。

塞廖沙给小海豚鼠也遮上雨斗篷。汽车开走时，塞廖沙一边向我挥手，一边对我大声说了句什么，我没听清楚——一定是说他会把新产下的小海豚鼠给我送来。

半夜响起清脆的铃铛声

〔俄罗斯〕根·斯内革廖夫

我很想看看野鹿的样子，看看它怎样吃草，看看它怎样一动不动地高高站立着，倾听森林的寂静。

有一天，我一步一步挨近一头正吃草的鹿妈妈和它带着的几只小鹿。忽然，它们嗅出了我的气味，鹿妈妈即刻就带着孩子跑进了已经泛红的秋草丛中。它们逃去的方向，我是从刚刚灌满了水的蹄迹里看出来的。

我不止一次听过鹿们在夜间呦呦的鸣叫声。什么地方的一头鹿叫起来，就会从河面上传来阵阵回响。于是这叫声听起来仿佛就在近旁。

终于，我在山岭间行走时发现了一条野鹿踩出来的小径。这条小径通往一棵孤独挺立的雪松。这棵雪松附近的泥土是咸的，有盐味，鹿们夜里悄悄到这棵雪松附近来舔这咸土。我躲在一块巨岩后头等待鹿们来。那天夜里，明朗的月亮照耀得夜色如昼。我等着等着，就不知不觉迷糊了，打起了瞌睡。

一阵轻微的声音把我搅醒。这声音，听起来似乎是每走一步就发出一声玻璃小铃铛似的脆响，丁零当啷，丁零当啷。

我没有看见行走的鹿们，却清晰地听见鹿们每走一步，蹄下的地面就发出一声清脆的碎裂声。

山间的夜特别冷，地面就立起了无数细细的冰柱——是直接从土里长出来的哩。鹿们一迈步，就把冰柱都踢断了，于是就发出了玻璃小铃铛似的响声。

太阳一出来，这些冰柱就都融化了。

鸣卡

〔俄罗斯〕根·斯内革廖夫

我在泽地上边走边采浆果。我已经采得半篮子了，而太阳已经向西边落去。从森林里往外看，已经看不见多少亮光了。

我的背觉得有点累，就直起腰来，这时我看见一只苍鹭从我头顶飞了过去。它准是去找地方过夜的。它是吃住在泽地一带的大鸟，我也就常可以看见它从我头上飞过。

太阳落下去了，可阳光还亮亮地投射到西边天空上，抬头就可以看见一片烈火燃烧般的霞红。四周都沉寂下来。只听见芦苇丛里有什么鸟在鸣叫，音量不是太高，但能传得很远。

"鸣卡！"

过不多一会儿，又传来一声："鸣卡！"

这是什么鸟的叫声？这种声音过去也听到过，就是没有专门留意过。可现在我对着叫声却感到很好奇：九成是苍鹭——只有它的叫声才是这样的——"鸣卡！"

我向传来这叫声的地方走去。叫声就在近旁了，但是鸣叫的鸟却还是

不见。

天黑了下来。我该回家了。我又向前走了几步——突然，叫声骤然停止了，不再听见了。

"不错，"我想，"叫的鸟就该在这里。"我屏住呼吸，静静站在那里，怕把它给吓飞了。我站了好一阵，终于又等到从草堆发出来的一声"鸣卡"。

接着又没有声音了。

我蹲下身来，以便听得更真些。我看见一只青蛙蹲在那里，纹丝不动。它的个头很小，叫声却这么响亮！

我逮住它，把它攥在手心里。它根本不打算挣脱。它的背是灰色的，肚皮却满腹通红，就像西边的落霞一样好看。我把它装在口袋里，提起盛满浆果的篮子，就回家了。我们家的窗台上已经亮着灯光，家里人该已经用过晚餐了。

我回到家里，爷爷问我："你上哪儿去了？"

"我捉'鸣卡'去了。"

他听不明白我的意思。

"'鸣卡'是什么呀？"他问。

我把手伸进衣袋，想把鸣卡掏出来给爷爷看，却不料口袋空空的，只是有一点湿。

"噢！"我想，"这'鸣卡'还跟我作对了，我想给爷爷看看呢，它倒是跑了！"

"爷爷，"我说，"你知道吗，'鸣卡'是这样的：它就整天在泽地里叫唤，它的整张肚皮是红的。"

爷爷还是没有听明白我说的"呜卡"。

"你坐下吃饭吧！"他说，"吃完饭，就睡觉，等明天你再跟我说你的'呜卡'。"

早上，我从醒来起，就一直都在想我的"呜卡"。我想：它回到泽地里去了吗？

晚上，我又来到原来捉住"呜卡"的地方。我在那里站了很久，听它叫还是不叫。

"呜卡！"从我身后传来一声我等待的啼唤。我找了半天也没找到它。我一走近，它就不叫了；我一走开，它又开始叫了起来。

它一定是躲在长满青草的土墩下面了。

我找得失去了耐心，就回家了。

不过，现在我知道晚上是什么在泽地无休无止地呜卡呜卡大叫——不是苍鹭，是红肚皮的小个子"呜卡"。

小章鱼

〔俄罗斯〕根·斯内革廖夫

春天，带着暖意的雾使冰块渐渐变小。待春意更浓时，一只蝴蝶随着从岸上吹来的风，飞到了我们轮船的甲板上。

我逮住了这只蝴蝶，带到了我住的船舱里。我想起，春天森林里的鸟都怎样歌唱，刺猬怎样在林边溜达。

"要是能捉到一只刺猬就好了！"我寻思着，"可是，在北方的大海里哪会有刺猬呢……"

没能弄到刺猬，我却养了一条小章鱼——它是跟海鱼一起从海里被打起来的。

我把小章鱼养在一只原来装果酱的玻璃瓶子里，摆放在桌子上。

小章鱼就这样在玻璃瓶子里生活了。

我做什么事情的时候，它就躲在小石子后面时不时瞅瞅我，阳光照在它身上时，它就给自己染上了黄色。它用这样的变色来保护自己。

有一天，我正在看书。我起先静静坐在那里，接着很快翻动起书页来。

小章鱼突然变成了红色，接着变成黄色，再接着变成了绿色。这一页一页的书翻过去，让它感觉到无所适从，来不及变，它害怕了。

刺猬和小章鱼太不同了，刺猬只会戳人，除了戳人就噗噗打喷嚏。

确实，小章鱼有小章鱼好玩的地方：有一天，我把一块绿颜色手绢摊在玻璃瓶底下，小章鱼就立刻变成了绿色的。还有一天，我把玻璃瓶放在棋盘上，棋盘组合着各种颜色，小章鱼就不知该变成什么颜色好了——白色，还是黑色？后来，它一生气，就变成了红色。

我把玻璃瓶从棋盘上挪开，它不生气了。

夏天正儿八经到来时，我把小章鱼放了，放到一处水比较清浅的地方，因为到底它还小哩！

凯茜爸爸的小骗局

〔美国〕米勒

有个小姑娘，名叫凯茜。有一天。她坐在后院里，把各种珠子串在一块儿，打算做一串项链。那些珠子可漂亮啦，五颜六色，有红的、绿的、蓝的、黑的、金黄的，等等。她专心致志地在那儿做哇，做哇，做了很长时间。

终于，一串项链做成了！

凯茜把这串项链放到阳光下，看着它那光灿灿的颜色，越看心里越高兴。这串项链可真漂亮！

这时凯茜忽然听到一个声音在叫："呀！"

凯茜到处张望，发现一只又大又黑的鸟正站在房顶上瞅着她。

于是，她大叫起来："爸爸，妈妈，快来看哪！这儿有只奇怪的鸟儿！"

可等爸爸妈妈闻声跑出来，那只黑不溜秋的鸟已经不见了。

"那鸟看人的样子很怪。"凯茜对爸爸妈妈说。

爸爸又跑到前院儿去找。"它在这儿呢！"爸爸叫道，"不过，这只鸟没什么奇怪的，它在房顶上走呢。"

凯茜和妈妈赶紧跑到前院儿来看。

"哟，这鸟可真大呀！"凯茜忍不住又叫了起来。

"这是乌鸦，"妈妈说，"您好，乌鸦先生！"

"您好！"乌鸦一边礼貌地回答，一边踱到房顶上去，朝凯茜他们看。这时凯茜才发现，这乌鸦先生的眼睛跟项链上的黑珠子一样，黑油油地发亮。

凯茜觉得很奇怪，她问爸爸妈妈："所有的乌鸦都会问好吗？"

"不，"爸爸说，"这可能是一只家养的乌鸦，它的主人教会了它说'您好'。"说着，他又对乌鸦说，"可爱的鸟儿，下来跟我们一起儿玩玩吧！"

不料，乌鸦先生真的扇动翅膀，一下子落在爸爸的胳膊上。

"这一定是只家养的乌鸦，"妈妈也说，"乌鸦先生，你叫什么名字！"

"您好！呀！"乌鸦说着，一下子飞到门廊前台阶上。

"这名字真怪！"凯茜笑道。

"来，蹲到我胳膊上来，你好，呀先生！"凯茜伸开双臂，朝乌鸦走了过去。

但乌鸦却似乎在想着别的事儿。它忽然朝凯茜装珠子的小盒子飞了过去，一下子就把凯茜刚做好的项链叼了起来。

"哦，别！别！"凯茜尖叫起来，"别叼项链！"

"别叼，别叼！"妈妈说。

"别叼，别叼！"爸爸也在叫。

他们仨立刻扑向那个小盒子，但还是乌鸦灵活，还是它动作利索，它飞快地叼走那串项链，又回到房顶上，并把那串光闪闪的项链衔在嘴里，在房顶上扬扬得意地来回踱起步来。

"乌鸦先生恐怕是想把你的项链弄回家去。"妈妈说。

"我们，我们不知道它住在哪儿呢，"凯茜有点难受地说，"我再也戴不上我的漂亮项链了。"

"哎，也许我们可用点食物跟它换回那串项链。"妈妈说着跑进厨房，端出一大碗爆米花来。

"喂，乌鸦先生，"妈妈叫道，"您饿了吗？这儿有好吃的呢。"

听到叫声，乌鸦先生又踱到房顶边上，先用一只眼斜睨着瞧那碗爆米花，又转过头用另一只眼睛再瞧瞧。显然，它觉得这东西并不比嘴里那串珠子好，于是，又若无其事地踱起步来。

"唉，它不饿。"凯茜的眼泪忍不住落下来，"它不跟我们换。"

"哎，要是乌鸦先生真的喜欢那些漂亮玩意，不喜欢吃的，那我们可以设一个小小的骗局。"爸爸边说边掏出自己那串长长的钥匙链，链的一头拴着三把亮闪闪的钥匙和一个又红又圆的钥匙坠儿，好看极了。

"喂，乌鸦先生。"爸爸叫着，把钥匙举在太阳光下，来回晃动。

乌鸦先生停止踱步，向下边瞅瞅。

然后，爸爸蹲下身来，把钥匙链放到草地上，却把钥匙链的一端掌控在手里。

乌鸦看了半晌，终于从房顶上飞下来，朝放钥匙链的地方飞去，嘴里仍然叼着凯茜的项链。

"乌鸦先生一定觉得钥匙链很漂亮，"妈妈小声说，"它还没拿定主意——到底该要什么好：是要项链呢，还是要钥匙链？"

只见乌鸦先生向四周看看，又瞅瞅那串光闪闪的钥匙链。凯茜屏声静气，瞪大眼睛看着。

终于，乌鸦先生把那串项链扔在地上，而把那串钥匙链叼在嘴里，但却怎么也飞不起来。还没等它明白过来是中了计，又想再叼起项链时，爸爸已飞快地把项链抓到手，交给了凯茜。

"呀！呀！"乌鸦先生气愤地大叫起来，它明白自己受骗了。它又扇起翅膀，扔开那钥匙链，飞到爸爸头上蹲着。

"你这家伙又坏又蠢！"凯茜破涕为笑，她看到乌鸦那副被捉弄的可怜样子，又说，"不管怎样，你还是吃点儿爆米花吧！"

这次，乌鸦先生很听话。它看看凯茜，终于低下头，吃了三颗爆米花。

"你可真是个又大、又黑、又有意思的乌鸦先生。"凯茜笑着说，"我真想留你在我家里，行吗，乌鸦先生？"

乌鸦先生这次没听她的话，它扑棱着翅膀，飞了起来，飞得比门廊还要高，比树梢还要高。

"再见，乌鸦先生！"凯茜叫道。

"您好！呀！"乌鸦远远地答道。

只见它在天空画了一个大圆圈后，便飞得越来越高，身子变得越来越小，终于，凯茜望不见它了。

从此以后，凯茜就再也没见过那只乌鸦。

破耳朵兔子

〔加拿大〕欧内斯特·汤普森·西顿

古老的奥利芬森林里，有沼泽地带，也有干燥地带。一条小溪从沼泽地带穿过，这里到处长满青苔和杨柳类树木；干燥地带则多长刺蔷薇类的植物和幼小树木。森林最外层挨着田野，这里摇曳着针叶树，枝叶繁茂，散发着阵阵清香。在这片森林里居住的除了各种鸟类，还有兔子和红松鼠，当然也有兔子的天敌，如蛇啊、貂啊、鼬啊、狐狸和黄鼠狼。

兔妈妈带着它的孩子居住在沼泽边。就它们一家，母亲和孩子两个，最近的邻居离它们都相当远。

多汁的青草弯下来，盖住了舒适的兔洞。兔洞里，兔娃娃的母亲把兔娃娃藏得好好的。母亲轻轻地给它盖上一层软草，像往日一样嘱咐孩子说："躺着，别作声，别说话，这样人家就不知道你在这儿藏着了。"

可是，这兔娃娃不管妈妈把它的床弄得多么舒适，它还是不想睡，一双亮晶晶的眼睛机敏地看着外面绿油油的世界。松鸡和红松鼠，这是两个远近闻名的贼，它们两个正在争吵，一个埋怨另一个偷东西，兔娃娃住着的矮树林里，洞屋的上方，一下成了两个打斗成性的家伙的战场。接着，一只鸟又到兔娃娃的鼻子尖上来逮了只淡蓝色的蝴蝶。这些兔娃娃全不在乎。

过了一阵，兔娃娃忽然听见近旁丛莽的草叶间，传来了一种一听就毛骨悚然的窸窣声。这是一种陌生的"窸窣"声，可怕的声音连续不断地传来。

虽然"窸窣"声越来越近，可就是听不到任何脚步声。兔娃娃从出生以来都是在洞中度过的（它才满三个月呢），还从来没听见过这样的声音。不用说，兔娃娃很想知道这是什么东西发出的响声。是的，它的母亲吩咐过它要悄没声儿地待在洞里，可这是在危险时刻呀。只听见"窸窣"声，而没有传来脚步声，这声音听起来就感觉不祥，是一种威胁。它应当弄清楚这是什么危险临头了。

"窸窣"声听起来离它很近很近，声音先是转到左边，接着又好像远去了。兔娃娃慢慢抬起圆得像皮球似的小脑袋，屁股垫着毛茸茸的尾巴坐起来，把圆圆的小脑袋探出洞去，向森林窥望。它身子一动，"窸窣"声立刻就停了。它的脑袋正跟一条大黑蛇的脑袋撞上了。

"妈妈！"可怜的小兔子简直吓死了，在大黑蛇向它扑来时，它大叫起来。

它四条腿憋足劲儿逃跑，但是大蛇像黑色的闪电一样追上了小兔子，咬住了它的耳朵，用又黑又长的身子缠绕着孤独无援的小生灵，正想把它吞下去，当它的一顿美餐。

"妈妈！妈妈……"可怜的兔子娃娃尖声大叫着。这时，残忍的大黑蛇缠得它喘不过气来了。

本来，这小生灵很快就该是永远叫不出声音来的，但就在这时，它的

母亲从森林深处箭也似的飞蹿出来。此刻的母亲就不是从前的那只会被自己的影子吓得魂不附体的胆小母兔了。母爱给了它无穷的勇气。它的孩子撕心裂肺的叫声使它鼓足了勇气。于是，它"嘣"地一跳，前脚跳过了那可怕的蠕动着的蛇身，后爪灵活地把蛇抓了一下；蛇被母兔这猛烈地一抓，不由得抖动了一下，恶狠狠地"窣窣"叫起来。

"妈妈！"小兔子低弱的声音尖叫着。

母亲又跳起来，用爪子更有力地狠命抓了一下粗大的仇敌。黑蛇还咬着兔娃娃的耳朵不放，同时又想来咬兔娃娃的母亲。不过大黑蛇只咬下了兔妈妈的一撮毛。这时，大黑蛇浑身是鳞的身体上现出了几道血沟，这是被拼命的母兔用爪子抓出来的。

大黑蛇觉得受不了了。它缠着小兔的身子不那么得劲了。兔娃娃当即逃脱了蛇口，钻进了矮树林中。它吓坏了，心惊肉跳地喘着气。它倒也没有重伤，只是左耳朵被可怕的大黑蛇咬出了一个洞。

母兔也脱险了。它不想给自己报仇，也不想为了让人家说它勇敢而去跟大黑蛇血战一场。它快速地奔进了密林中。兔孩子紧紧追着妈妈雪白雪白的、白得发亮的尾巴（小兔子知道盯着这颗白亮的星星追，准没错），直到跟着妈妈到了一个没危险的地方。

母羊兹拉特

〔美国〕伊萨克·巴什维斯·辛格

　　每到光明节前后，通往镇上的小路就总是堆满了积雪。但是今年冬天却非常暖和，光明节到来时还没飘过一片雪花。明亮的太阳天天都当空高挂，庄稼人个个发急了，抱怨天气怎么这么干旱，冬麦的收成眼看好不了。连草芽儿都钻出地面，他们就干脆把牛赶到草场上去放青了。

　　对缝制毛皮衣服为生的鲁凡来说，这年头可不好。忖出个主意来才好呀，于是他狠狠心，决定把母羊兹拉特卖掉，反正它也老了，挤不出什么奶来了。镇上的屠夫费维尔说愿意出八个盾的银币的价买去。毛皮工匠鲁凡得了这笔钱，近一段必需的开支都有了，买光明节蜡烛的钱有了；买土豆的钱有了；买煎烙饼用的香油钱也有了；还可以给孩子买点礼物；说不定还可以匀出一点钱来买些过节的东西。总之这样就能把节过得像样。主意一拿定，鲁凡就叫他的大儿子埃隆把羊牵到镇上，牵到费维尔那里去。

　　埃隆知道，把羊牵到镇上费维尔那里去，这是什么意思。可他得听他父亲的呀。听说要把羊牵到镇上屠夫费维尔那里去，埃隆妈妈直抹眼泪。而埃隆的两个妹妹就哇一声哭开了。埃隆穿上那件棉外套，戴上那顶护耳

帽子，接着往兹拉特脖子拴上绳子，再顺手拿上两片奶酪面包，好在路上当点心。埃隆得在天黑前把羊送到镇上，在屠夫费维尔那里过一夜，第二天带钱回来，让父亲准备过节的东西。

一家都恋恋不舍地向母羊告别。埃隆将绳子拴到兹拉特脖子上，这时它根本没有想到别的，所以它一如往常那样温良又和顺。它舔了舔鲁凡的手，抖动抖动那撮稀疏的花白胡子。它对人类的善意从不怀疑，因为过往人们只是喂养它，却从不曾有一次伤害过它。埃隆把兹拉特拉出屋门，赶着它往镇的方向走，它觉得奇怪：莫不是弄错了吧，以前人们从来不往这方向赶的呀！它回过头来看了看埃隆，那样子似乎在问："你这是把我往什么地方赶哪？"

但过了一会儿，它似乎想通了：走哪条路不该是我羊管的。可是，路是陌生的，穿过田野，田野是陌生的，经过青青的草地，草地是陌生的，走过一排排茅草房子，茅草房是陌生的。一只可恶的狗老追着他们，汪汪地叫个不停。埃隆用棍子撵它，它才吠叫着跑开了。

埃隆离开村子的时候，还是丽日高挂，艳阳暖人。可突然天说变就变了。一团团乌云暗黑中透着点蓝，在东边天上滚滚升起，它越翻腾越大，转眼间就把整个天空笼罩得严严实实。冷风紧跟着刮起来，在埃隆身边呜呜尖叫着。乌鸦呱呱地边叫边从低空掠过。起先，埃隆以为这天可能要下雨了，但是不，下来的是夏天的冰雹，立刻，周围就只听见噼里啪啦，砸在地面上咚咚发响。虽然当时还是早上，可天却像黄昏时分，混混沌沌，他甚至以为黑夜就要降临了。不一会儿，冰雹就变成了大雪，纷纷扬扬，像撕碎的絮团从空中飘落下来。

埃隆今年十二岁了。各种各样的天气也见过不少了，但像今天这样由艳阳天转而为大雪天的天气可还是头一回见。雪花在风中翻飞着，很快，小路就湮没在积雪中了。风，刺得埃隆脸上生疼。到镇上去的路又弯又窄，埃隆不多一会儿就看不清路了。风刮得这么猛，雪下得这么大，不但让他不能睁眼看路，还穿透了他的单薄的棉外套。

起先，兹拉特好像不在意天气的变化。它已经活了十二个年头了，当然知道冬天是怎么回事儿。可是它的脚在雪地里越陷越深，这才开始频频掉转头来，眼睛一眨一眨的，用不解的目光问埃隆："这么大的风雪，我们干吗还待在这茫无人迹的旷野里呀？"埃隆心中指望着这时有人赶着马车从这儿经过。可四周连人影都见不着，哪儿还能见什么马车啊？

风刮得更猛，雪下得更紧，狂风裹卷的雪花在地上一层一层地铺得更厚。埃隆的靴子踩在积雪中，踏到了犁过还不久的地，感到软软的、绵绵的。他这才知道自己已经离开了弯弯曲曲的小路，完全迷路了。他再也分辨不清东南西北，分辨不清哪儿是他可以转回家的路，哪儿是他要去的镇。狂风呼啸着，卷起一条一条的雪柱，好像是一群白色的淘气鬼，在呼呼吼叫的风雪中捉迷藏似的，你追我赶，扬起了一股股雪尘。兹拉特停下来，它再也挪不动步了。它将四只蹄子死死地钉牢在雪地中，咩咩地不住声哀叫着，仿佛在求人把它送回家去。兹拉特那花白的胡须上挂着冰凌子，它的双角也裹着一层亮晶晶的冰，像是涂上了一层油漆。

埃隆不愿意往坏处想。但是他知道，要是找不到一个可以躲避风雪的去处，他们就有冻死在这旷野的危险！这可不是一场普普通通的大雪啊，这是一场他从不曾见过的暴风雪！积雪已经没到他的膝盖。他的手麻木了，

脚趾也好像不是自己的。他感到连喘气都不顺了,鼻头像是镶在他脸上的一块木头疙瘩,他只好抓起一把雪使劲儿在脸上揉搓。这时,兹拉特咩咩地叫得更响了,像对埃隆的声声哀求。它真不明白,为什么它那么信赖人,而人却要把它带入危险的陷阱。为了自己,也为了眼前这头无辜的母羊,埃隆开始祈祷,希望上天能保佑他们平安渡过这难关。

忽然,埃隆发现了就在离他们不远处有一个小山样子的东西。那会是什么呢?他感到奇怪——这能是谁堆的一个雪堆吗?他拖着母羊艰难地向前走去。走近一看,这才看出原来是一个盖着厚厚积雪的大草堆。

这下埃隆知道自己能得救了。他拼命地从雪里挖出一条通道,以便往干草堆里钻。他是个农村的孩子,知道这通道该怎么挖才能钻进草堆去。等挖到了干草,他三下两下就在干草堆里为自己和母羊掏出了一个窝,并且一头钻了进去。于是风雪被挡在了外面,干草堆里暖暖和和的。而且这干草还是兹拉特最对胃口的饲料呢。果然,它一嗅到干草的香味,就立刻喜出望外,大口大口地撕扯着嚼了起来。草堆外面,大风雪依旧猛烈刮卷着,所有刚才埃隆挖出的通道口很快就被积雪堵上了。可是人和羊都得呼吸呀,麻烦就在草堆里的空气不久就稀薄了。埃隆在草和雪中钻出一个小洞眼,并且总留神不让它堵住。

兹拉特吃饱了。它蜷起后腿卧了下来,似乎又对人类恢复了信赖。埃隆吃了他那带在路上做点心的两片夹了奶酪的面包,可是他走了这么长的路,经受了风雪的这番折腾,他的肚子仍像什么也没有吃过似的感到饿得慌。

他看了看兹拉特,发现它的乳房胀得鼓鼓的。他不由得挨着它躺下来,轻轻伸手挤奶，挤出的奶刚好射进他的嘴里。奶汁既稠又甜，源源不断地流入他的口中。多么解男孩的饥渴呀！兹拉特从来没有像今天这样被人挤过奶，所以总觉得不习惯，但是它不抗拒，似乎在报答着埃隆——是埃隆把它带到这个好地方来的啊！这里不但能躲避风雪，而且连墙连地板连顶棚都能顺嘴就吃。

透过小窗洞，埃隆可以看到外面雪花旋卷，四周依旧混沌一片。天全黑了。他不知道这是因为暴风雪遮蔽了日头呢，还是真的已经到了夜晚。感谢上帝！干草堆里不但不冷，而且还能闻到太阳留在干草、野花和枯叶上的香味。兹拉特不时地吃着。它从上面吃到下面，从左边吃到右边。它的身体散发着牲口特有的体温。埃隆蜷缩在它的身边取暖。从前他一直爱着兹拉特，可现在它更像自己的小妹妹一样的可爱。离开了家，埃隆感到孤零零的，他多么想跟兹拉特聊聊啊。

"兹拉特，你知道今天所发生的这一切吗？"埃隆问羊。

"咩——"兹拉特回答。

"要是没有这堆干草，咱们这会儿已经该冻僵在雪地上了。"埃隆告诉它。

"咩——咩——"

"雪再这样下个不停，咱们可能得在这里待上几天呢。"埃隆想让母羊心中有个数儿。

"咩——咩——咩——"

"我不明白你的意思，这咩咩咩咩的，"埃隆问，"你究竟说的是什么？"

"咩咩咩——" 兹拉特很想把自己的想法告诉男孩。

"好吧，那你就这样咩咩咩吧。"埃隆耐心地说，"你不会说话，可是我知道你听懂了我的话。我需要你，你呢，你也离不开我，对吧？"

"咩——"

埃隆说着说着，感到发困了。他用草堆了个枕头，把头往上一靠，就打起盹儿来。不一会儿，兹拉特也沉入了梦乡。

埃隆再睁开眼的时候，他不知道此刻是早上还是晚上。雪堵住了他的窗洞，他想将它重新挖通，但是他的手臂太短，怎么也够不着。幸亏他还有一根棍子，可以重新捅开这个小窗口。外边黑沉沉的。雪还在下着，风还在一阵粗一阵细地吼着。有时风声就像魔鬼在欢笑。兹拉特也醒了。埃隆向它问好，它就用"咩咩"的叫声来回答。

说的也是啊，兹拉特就会"咩"这一个词儿，可就这一个词儿含意也够丰富的了。现在它说的是："咱们就得接受上帝给咱们的安排，经受这冷冻这炎热这饥饿这明亮这黑暗。"

埃隆觉得肚子很饿了，他带来的面包片早已吃完，但兹拉特的奶汁却依然很丰富，所以饿不着他。

整整三天，埃隆和兹拉特待在干草堆里。埃隆一向疼爱兹拉特，这三天里，他的爱越来越深了。兹拉特用自己的奶浆喂他，用自己的身体温暖他，用自己的耐心安慰他。他给兹拉特讲了许多故事，它总是竖起耳朵专心一意地听着。当男孩抚摸它的时候，它就舔他的手和脸，然后说声"咩——"男孩明白这个意思："我也爱你！"

虽然第一天以后雪下得不那么紧了，风也平静了些，但雪仍不停地下了三天。有一阵，埃隆似乎觉得从他记事起，他压根儿就没有过夏天；他也压根儿没有过父母和姐妹。他是一个雪孩子，雪里生雪里长，兹拉特也是这样。草堆里悄寂无声，他的耳朵在寂静中嗡嗡直响。埃隆和兹拉特睡过整个晚上又睡过了整整大半个白天。埃隆梦见自己在暖和的天气里。他梦到了绿色的原野，枝头缀满花苞的树，清亮的小溪在淙淙流淌，小鸟在不停地鸣啭。

第三夜，雪停了。可是埃隆不敢在夜里摸回家去。天空倒是放晴了，月亮照耀着，在雪地上撒下了网。埃隆挖开一条路走出去，四下里望去，到处是一片皑皑的积雪。显得十分宁静，仿佛自己在做着天堂般美丽的梦。星星很大，并且觉得离他很近，月亮好像在大海中漂浮着。

第四天早晨，埃隆听得有雪橇叮当的铃声。原来，干草堆离大路并不远。赶雪橇的农人给他指了路。不是到镇上费维尔屠宰场的路，而是回到村里去的路。还在干草堆里的时候，埃隆就决定，从今往后永远跟兹拉特不分离！

埃隆的家人和邻居冒着狂风暴雪到处寻找他们，寻找他们的埃隆和兹拉特。可是哪儿也见不着他们的踪影。他们担心孩子和母羊都完了。埃隆的两个妹妹为他哭泣。男孩的父亲，那个毛皮工匠鲁凡愁苦着脸整天一句话也不说。忽然有个邻居飞步跑来向大家报信，说埃隆和兹拉特正从大路上回来。

一家人都乐坏了。埃隆回到家中，他把他这三天所遇到的事情一一说给他们听：说他怎么找到了干草垛，兹拉特怎样用自己的乳汁喂养着他。埃隆的妹妹们搂住兹拉特，亲了又亲，还特地把胡萝卜和马铃薯切得细细的，拿来款待它，让它吃一顿丰盛的午餐。兹拉特饿极了，它大口大口地狼吞虎咽着，三下五除二，几下就吃光了。

　　谁也不再提起要把兹拉特送到费维尔屠宰场去的事。现在，既然冷天已经到了，村民们又都需要鲁凡给缝制毛皮衣裳。光明节来到的时候，埃隆的母亲每天晚上都做油煎饼，大家都有一份，当然也少不了兹拉特的一份。虽然兹拉特有自己的羊圈，可是它还常到厨房里来，用两只角敲打门，笃笃笃，表示它要进厨房，不用说他们都把它请进来。晚上，埃隆、米莲和安娜在玩陀螺时，兹拉特挨近火炉旁坐着，静静地望着孩子们，望着那一闪一闪跳动的蜡烛。

　　每过一会儿，埃隆就要问它："兹拉特，你记得我们度过的那三天三夜吗？"

　　兹拉特用它的尖尖角挠挠它的脖子，抖动着那花白胡子的脑袋，然后发出表达它全部意思和全部眷爱的声音——咩！

母狮和它的人妈妈

〔奥地利〕乔伊·娅旦森

肯尼亚中部有一片茂密的原始森林，在那里人们祖祖辈辈过着原始生活。

一天，当禁猎官的丈夫给我带回了一件礼物：三只胖乎乎的小狮子。它们眼睛还没有睁开呢，看来出世才两三天。我把它们抱在膝上，听我丈夫讲猎获幼狮的经过。

"今天，有人跑来说，一头狮子咬死了人。当我在一座山冈上发现了食人狮并将它击毙后，在岩石的缝隙里发现了这一窝小幼狮，便将它们带了回来。"

我亲自给三只幼狮喂牛奶。三只幼狮都是母的。它们个个长得活泼可爱，尤其是老三，一副弱不禁风的样儿，我给它取个名字叫爱尔莎。

狮子通常一胎生四子，但其中一只生下来就要死的；剩下的三只中有一只总是特别瘦小些，不久也是要死去的。因此在丛林里看见的狮子通常只有两个孩子。所以爱尔莎活下来该算是幸运的了。

三个月后，小家伙们的牙齿长齐了，能吃肉了。我们学着自然环境中

104

的母狮将肉撕碎后给小幼狮吃的做法，给它们吃撕碎的肉片。喂食进行得很顺利。

当它们知道了肉的美味后，都大口大口吃起来，并为争夺肉片而互相厮打。爱尔莎每每都被挤在一边，什么也吃不到。我只能把它抱在膝上喂属于它的那一份肉。在我膝上，爱尔莎显得很高兴，大口吞着肉片。吃完后总要衔着我的拇指，这大概是它以为咬住了母亲的乳头。看着这情形，我不禁觉得失去了母亲的爱尔莎是多么可怜。我抚摸着它的背，紧紧地抱着它。这样，我和爱尔莎之间的特殊感情，便在这默默的沉寂中培养起来了。五个月后，小幼狮个个长得身强力壮。虽说我已觉得很难离开这些小家伙，但是冷静思考后还是决定留下爱尔莎，把另两只送到动物园去。

那天，爱尔莎一直站在一旁看着在车上的两个姐姐，悲伤地望着车子越走越远……三年后，我曾去动物园看望过它们。它们已完全适应了动物园的环境，一点没有流露出对非洲自由生活的向往。

这样，只留下了爱尔莎同我们生活在一起。爱尔莎有个奇怪的习性：它在树林中走时，一见到大象或犀牛的粪便，就把身子倒在粪便上不住地打滚，使劲地往身上搓，可从来没把食肉动物的粪便往自己身上搓过。我想这可能就是本能地用食草动物的粪便掩盖自己身上的体臭，为了不让自己袭击的目标——食草动物察觉而做的一种掩饰吧。

有时，我们会遇到一些意外的险事。一天，我和爱尔莎在林中散步，爱尔莎霍地站住，并一步一步朝后退却，眼睛盯着我，似乎是在催我离开。我朝草丛里一望：哦哟，好家伙！一条大蛇正盯着我们哩！我举着枪，悄悄向后退却。如果我们再糊里糊涂地向前走，后果会是怎样呢？我轻轻地

抚摸了一下爱尔莎的头。

　　爱尔莎对长颈鹿很感兴趣。有一天下午，我们在散步时遇到了一群长颈鹿。爱尔莎兴奋得全身颤抖，接着，它便一步步向长颈鹿靠近。可长颈鹿根本没把小小的幼狮爱尔莎放在眼里，只装作不知道。爱尔莎看着对手静静地站着很奇怪，回过头来看看我，这时，我也装出与我无关的样子，爱尔莎突然察觉到自己的行为受到嘲弄，很不高兴，飞快地跑回来撞我的身体，我被撞倒在地，可还是抱住爱尔莎的头连声说道："对不起，请原谅！"

　　爱尔莎是很懂礼貌的。不论我们离开的时间多短，一旦我们回来，它总是挨个儿向我们问候。它对曾向它表示过好意的人都很敏感地嗅出来，并报答他们以好意，对害怕它的人也很宽容，从来不惊吓或伤害他们。

爱尔莎过了两个生日，开始慢慢显得心神不定起来，常常不和我们一起回家，自个儿去寻找雄狮了。我丈夫好几次出去找它，总不见它的踪影，它只是在口渴时才回家喝点水，而后又走。它的身上开始散发出一股难闻的气味儿。有时我们想同以前一样带它出去散步，可是一出门，它就冲着我们直叫，一直到我们止步，然后它迈着轻松的步子向深山走去。

两岁零三个月以后，爱尔莎已是一头大狮子了。我们明白：不能永远把它饲养在我们身边。考虑再三，我决定让它回到大自然中去。于是我们来到肯尼亚北部，想在这儿跟它一起生活两三个星期，如果一切顺利的话，我们就和它分别了。在肯尼亚北部一望无际的草原上，我们开始实行我们想好的计划。

先得给爱尔莎找一个配偶。我们尝试各种方法。一天，我们和爱尔莎像往常一样散步，刚走上几百米，就发现离我们不远处有一只雄狮。爱尔莎忽然兴奋不已，可不知为什么雄狮突然转身跑开，爱尔莎考虑了很久，才下决心向它走近，到离雄狮约十来步的地方，爱尔莎蹲下来，尾巴在地上扫来扫去。于是雄狮便朝着它慢慢走来。看来雄狮真有点同情爱尔莎了。但是，就在这关键时刻，爱尔莎突然跳了起来，接着向我们奔回来。没办法，我们只得将它带回家，那心情就像是女儿嫁不出去的父母一般。

爱尔莎一直以来吃的肉都是我们先切好的。为了训练它自己捕捉野物，我们特地打了一只羚羊给它。爱尔莎先用鼻子东闻西闻，把羚羊上下翻动，然后从后腿处开始撕裂，那儿是皮毛最柔软的地方，野生狮子都是这样做的。爱尔莎一口气撕破腹部，拖出内脏吃个饱。接着，把羚羊胃里的东西埋进土里，并把周围的血迹用土掩盖掉，然后慢慢地吃起肉来。所有的野生狮子都是这样的。这是出于本能吧，这样消除了我们心中的一份担忧。

一天晚上，爱尔莎突然自己跑了出去。第二天晚上又这样。早晨，我们在帐篷周围发现许多雄狮的大脚印。凭经验，我们知道爱尔莎已经找到对象了，让它返回大自然的时刻到来了。

我们立刻收拾帐篷准备离开。爱尔莎敏感地觉察到什么，默默地挨近我。爱尔莎啊！你将回到大自然中去，你要出嫁了，我们也要回到人的世界中去了。回顾近三年愉快的日子，我真是感慨万分。爱尔莎会永远记住我们之间的友情吗？不！更重要的是，爱尔莎能否按我们所教导的靠自己的力量来获取食物呢？我把爱尔莎带到茂密的林子里，给了它几块肉，当它专心吃肉时，我悄悄地离开了。

我们来到了十五六公里以外的地方。

为了爱尔莎返回大自然，我们尽了一切努力。但是现在，我心中却感到阵阵酸痛。

我们心情沮丧地回到了宿营地，几乎已经成为习惯的对爱尔莎的思念之情，再次袭上我的心头。我感到自己的感情无所寄托，我感到我的身体失去了重量，沉浸在对这个世界失去希望的悲哀和孤独的汪洋大海之中。

唯一能聊以自慰的是，我做到了身为爱尔莎养母的义务。如今，爱尔莎这个来自丛林的养女，已经顺利地嫁回丛林里去了。我们终于要把原始和文明、动物和人类这两个世界连接起来。照理说，我应该感到高兴。但是，为什么在心里蒙上一层阴影呢？

我的丈夫说，爱尔莎也许还会回来的，如果它回来看不到我们，实在是太可怜了，哪怕几天也好，我们要在这里敞开帐篷的门，等着它。

盼望出嫁的闺女回来——从我丈夫的话里，也听得出他在心中尽量抑制着的痛楚。

我再也不能克制自己了，我默默离开帐篷，低头向着河畔那熟悉的绿色树林走去。那里有许多同爱尔莎在一起时的美好回忆。我坐在绿色的树荫下，看着眼前缓缓流过的河水，止不住眼泪夺眶而出。我的眼泪滴进这块抚育爱尔莎长大的非洲土地，滴进这条清澈的小河。将来在这留下许多纯洁回忆的河面上，一定会映照出爱尔莎和野生狮子愉快玩耍的身影。那时，爱尔莎将把它曾向我表示过的爱献给它自己选中的野生伴侣；它将像过去亲密地在我膝间蹭它的头一样，温柔地向它的伴侣撒娇。

我久久地凝望着这股流水，衷心祝福着走向独立生活的爱尔莎。同时，我也提醒我自己：我的生涯也迎来了新的转折点。同爱尔莎一起生活的，这充满了光辉回忆的篇章，现在是结束的时候了。

我焦虑地度过一个星期后，我们返回原来的地方，大声呼唤着爱尔莎的名字，不久河边传来了爱尔莎的声音，它急不可待地奔了过来，我抱住它的头，特地看了看它的肚子：胀鼓鼓的，分明才吃过食物。我心里似乎放下了一块石头：爱尔莎终于可以独立生活了。

我们又同爱尔莎一起生活了些日子，然后就再次分别了。

再见，爱尔莎。你生来是自由的，那就到森林里去，到自由的天地里去开辟你的新天地吧！

皮克鼠历险记

〔俄罗斯〕维·比安基

第一章 小老鼠忽然成了航海家

两个孩子要到河边去放船玩。哥哥拿来两块厚厚的松树皮，削成一条船，妹妹找出几块碎布做成一张帆。帆往船上架好，大船就算做成了。

不过，大船总还得有根长长的桅杆把帆支起来。

"得去砍根笔直的树枝来。"哥哥说着就拿起刀往林子走去。

突然，林子里传来他的惊叫声："老鼠，老鼠！"

妹妹立刻向他跑过去。

"我一砍树枝，"哥哥告诉她说，"好些老鼠就一下跳出来！整整一窝！一只钻进树根下头去了。等等，我这就把它给捉出来……"

他用小刀切断树根，接着就拽出一只老鼠来。

"它好小啊！"老鼠真小得出乎妹妹的意料，"还黄生生的！老鼠还有黄毛的吗？"

"这是田鼠，"哥哥给妹妹解释说，"田鼠种类很多，各类田鼠都各

110

有一种叫法。不过我不知道这只老鼠属什么种类，该怎么叫。"

这只小老鼠张开红通通的小嘴，"皮克——皮克"地叫个不停。

"皮克！它说它的名字叫皮克！"妹妹笑着说，"瞧，它直抖呢！哎，耳朵上还淌血。这准是你的小刀戳着它，把它戳伤了。它一定很疼呢。"

"反正我要宰了它的，"哥哥生气地说，"我要把它们统统杀光——它们干吗要偷吃我们的麦子？"

"放掉它吧，"妹妹为小老鼠求情说，"它还小哩！"

然而小家伙没有听妹妹的，没有把小老鼠放掉。

"我把它扔到河里淹死。"他说着向河边跑去。

小姑娘急中生智，一下想出了救小老鼠的办法。

"慢着！"她在哥哥身后叫道，"你听我说，把它放到咱们那只大船里，让它到远方去旅行吧！"

小家伙也觉得这个主意好：小老鼠迟早会淹死在河里的。他们的船儿载着个活旅客在河里漂流，倒是挺有意思的。

兄妹俩把帆安上船，让小老鼠坐进木船的凹坑里，然后放到河面上，让它顺水漂去。风推送着小船，推送它离开了岸边。

小老鼠紧紧抓住枯树皮，一动不动。

兄妹俩在岸上向它不停地挥手。

这时，家里传来让他们回家的喊声。他们还是看着小船。小船的帆被风鼓得满满的，轻轻盈盈向远处漂去，渐渐消失，直到河湾处船拐了弯。

"可怜的小皮克！"快回到家的时候，小姑娘说，"船少不得会被风吹翻，那样，小皮克就会被淹死。"

男孩没有说话。

他在想着怎样才能把自家谷仓里的老鼠统统除尽。

第二章 船果然翻了

小老鼠被轻盈漂逝的松皮船带向远方。风把木船推到河中央。周围哗哗地汹涌着高高的水浪。这辽阔的河面，在小皮克的心目中简直就是无边的大海了。

皮克生出来才两个星期。它还不能自己找食，还没有学会躲避敌人。那一天，小家伙吓得它们整窝老鼠逃命时，鼠妈妈还是第一次带领自己的小宝贝们出洞来玩，正给它们喂奶呢。

皮克还是一只奶孩子啊。兄妹俩拿它开的玩笑可太残忍了。倒还不如一刀把它给结果了呢，那样，也比把一只幼小的毫无自卫能力的乳鼠送上这险象四伏的旅程要好。

整个世界都在跟它为敌。风呼呼地吹刮着小船，像是非推翻小船不可；河浪拍打着小船，像是非把小船击沉到黑黢黢的河底不可。野兽、鸟类和蛇都能夺去小老鼠的生命。任何动物发现它这只无知的、不能自保的小东西，神经都会兴奋起来，都会把它当作美味点心一口吞掉的。

在河面飞翔着巡视觅食的大白鸥首先发现了皮克。它们俯冲下来，在小船上方一圈又一圈地盘旋。它们不能够一下结果掉小老鼠的生命，它们怕飞冲下来弄得不好会撞上硬邦邦的树皮，把自己的喙给折损了，

所以一直只是盘旋，边盘旋边气恼地叫唤。有几只飞落到水面，游过来追赶小船。

一条梭鱼从河底浮上来，也游在小船的后面，它在等待鸥鸟把小老鼠推到水里。到那时候，它就可以毫不费力地吞吃那小老鼠了。

皮克听到鸥鸟贪馋的叫声。它闭上眼睛——反正是一个死了。

正这时候，一只凶残的大鸟从后面向小船飞近——这是一只白尾巴的鹗鸟，是河上的捕鱼好手。鸥鸟见白尾鹗飞来，就一下纷纷四散逃开了。

白尾鹗看到小船里的小老鼠和跟船游来的大梭鱼。它收拢翅膀飞石似的落下来。它冲到河面时，翅尖扫到船帆，小船就倾翻了。

捕鱼技能高强的白尾鹗从河里抓起梭鱼艰难飞升的时候，它看见，倾翻的船上已空荡荡的什么也没有了。鸥鸟们从远处看到船上已经没有了它们的猎物，就都飞远了——它们想，小老鼠已经沉到河底了。

皮克没有学过游水。然而当它落进水里，无意中它觉得应该划动爪子，不让自己往水底沉落。它浮上来，用牙齿死死咬住船帮。

它和倾覆的木船一起被流水带着向前漂去。

很快，水浪把小木船打上一处陌生的河岸。

皮克爬上沙滩，哧溜一下钻进了矮树林里。

这不折不扣是一个翻船事件，如今小乘客能活着上岸，真是不幸中的大幸了。

第三章 恐怖的黑夜

皮克被水浸得浑身湿透。小老鼠不得不用自己的小舌头来舔舐皮毛。不多一会儿，毛就全干了，身子也暖和起来。

皮克很想吃点东西充充饥。但走到矮树林外面去它又觉得害怕：从河面上不时传来鸥鸟尖利的叫声。

它就这样饿着肚子蹲在矮树林里，蹲了整整一天。

天终于黑下来了。鸟类的叫声听不见了。只听得水浪在啪嗒啪嗒地击打着近处的河岸。

皮克胆怯地从矮树林里爬出来。

它向四周观望了一阵——没有谁来伤害它。于是它像一个黑色的小皮球一样慌忙滚进草丛里。

在这里，它立即寻找可供它充饥的东西，它碰上什么抓什么，抓到叶子啊草茎啊就往嘴里塞，从尖端吮吸汁液。可是里面没有像妈妈那样的奶。

它生气地用牙齿把叶子和草茎咬断、嚼碎。

忽然，有一种温热的汁液从一根草茎里喷出来，流到它嘴里。汁水是甜的，就跟它妈妈的奶汁一样。

皮克吃掉这根草茎以后，又去抓扒同样的草茎。它太饿了，所以只管吃，没有注意到周围正在发生的许多事情。

高高的草茎上空，一轮明月已经升起。偶尔会有敏捷飞动的黑影无声地在天空掠过：这是灵敏的蝙蝠在追逐飞蛾。

在草丛间，皮克到处能听到吱吱喳喳窸窸窣窣的声响——有的东西在草丛里钻动；有的东西在矮树林里走来走去；有的东西在蔓草里跳跃。

皮克吃着。它把草茎从根部咬断。草茎倒下来，冷冷的露珠像雨点一般打在皮克的背上。但是在倒下来的草茎顶端有很好吃的穗子。小老鼠坐下来，两只前脚跟人手一样举起茎来，三口两口把穗子吃进了肚子里。

嚓！啪！什么东西掉落到小老鼠的近旁的地面上。

皮克停止啃咬，支棱起耳朵来听。

草丛里传来稀里哗啦的声音。

嚓！啪！

有一种什么东西在草丛里直向小老鼠跳过来。

得赶快向后转，躲进矮树林里。嚓！啪！嚓！啪！这让皮克心惊肉跳的声音从四面八方传来。

啪！声音离它非常近了，就在前边！

是什么东西？脚长长地往后伸，一下闪现在草丛的上方，紧接着就立刻发出吧嗒的一声，落在了皮克眼前的地面上——原来是一只眼睛鼓凸的小青蛙。

青蛙一双受惊吓的眼睛盯住小老鼠看。小老鼠用疑惑和惊惧的眼神仔细端详着它光滑湿润的外皮……

它们就这样面对面地蹲坐着，都不知道接着该怎么办。

四周依然响着嚓啪的声音，似乎是整整一群青蛙从不知什么东西的嘴边逃命，此刻正惊慌地蹦跳着远离那凶险的东西。轻微的窸窣声越来越近了。

就在这刹那间，小老鼠看见在一只小青蛙后面，一条银黑色的蛇拖着又长又软的身子正迅速蹿过来。

蛇向前滑动着，一只小青蛙的长长的腿还在它嘴里不停地抖动。

皮克立刻惊慌地逃开了，所以也就没有看见以后的情景。它逃得这么快，连它自己也不知道怎么地就已经蹲在离地面很远的一棵矮树的树枝上了。

皮克在树上过了漫长的黑夜，多亏它已经吃了很多草茎，把肚皮撑饱了。

直到天亮，四周都不断传来窸窸窣窣的声响。

第四章 尾巴和毛色都派上了大用场

饥饿不再威胁皮克鼠了。因为它已经学会为自己寻找食物了。可是怎样才能孤单一个抵御它的所有天敌呢？

老鼠是习惯于聚族而居的动物，经常是一大群住在同一个地方，这样，在天敌来袭的时候比较容易自卫。谁发觉有敌人靠近了，就立马发出吹口哨似的"吱——"的一声，大家就知道这是敌人来袭的信号，就迅速躲藏起来。

而皮克鼠现在是孤零零一个。它得尽快找到别的老鼠，好去跟它们生活在一起。于是皮克出发去寻找伙伴了。它尽可能从矮树的枝丫间攀援过去。这一带蛇太多，它不敢下到地面上来。

小皮克爬树的本领学得很快，很不错。尤其是它那条灵巧的尾巴帮了它不少忙。它的尾巴又长又软，不管什么树枝只要勾上就能一下缠绕上去。凭着它这条挂钩能力很强的尾巴，它能在任何细枝上攀爬，行动是那么自如，

一点不比长尾猴差。

从这根粗枝到那根粗枝，从这根细枝到那根细枝，从这株矮树到那株矮树，皮克就这样一连攀爬行走了三个晚上。

末了，矮树林爬到了尽头。前面是一片草地。

皮克在矮树林里没有遇到别的老鼠，它不得不沿草丛跑过去。

草地很干燥。蛇不到这样干燥的地面来。于是小老鼠胆大起来，开始敢在阳光下从地面穿越。现在它碰到什么就吃什么：植物的果实、植物的种子、植物的块茎、硬壳虫、青虫、小虫它都吃。不久，它又学会了从敌人眼前逃避的新方法。

这是皮克自己偶然发现的。它挖开地面，找到几条幼虫，就坐在后腿上细细品嚼起来。

太阳朗朗地照耀着草地。

蚱蜢在草地上跳来跳去。

小皮克远远瞭望到草地上面有一只小雀鹰在飞翔，不过它并不害怕。雀鹰是同鸽子一般大小的鸟，身子比鸽子还细，但是它能仿佛被细绳吊挂在半空中那样，一动不动，只有翅膀偶尔轻微地拍动几下，脖子不停地左右转动。

皮克不晓得雀鹰的眼睛有多么锐利。

皮克的小胸膛是白色的。它坐着的时候，褐色的地面把它的白色胸部映衬出来，所以雀鹰老远就看见了它的白色小胸膛。皮克直到雀鹰从停留的半空箭也似的向它飞扑下来时，才猛然发现危险逼近了！

逃跑来不及了。小老鼠吓得四脚都不能动弹了。

它把胸膛紧贴在地上，僵住了，几乎没有了知觉。

雀鹰飞到它身旁，可突然又飞回空中，细尖尖的翅膀差点儿扫到了皮克。雀鹰怎么也弄不明白小老鼠到底到哪儿去了——刚才明明还看见又白又亮的小胸脯的，但现在却突然消失了。它锐利的双眼紧盯住凸起的地方看，然而它只看见一小块褐色的土疙瘩。

其实皮克依旧紧贴地面伏着身子，就在雀鹰的视域内。

原来小老鼠的背毛是褐色的，跟草地地面的颜色一模一样，从上空望下来，是怎么也发现不了它的。

这时候，一只青色的蚱蜢从草丛里跳出来。

雀鹰飞冲下来，边飞边抓起蚱蜢，飞远了。

小老鼠背毛的颜色保护了自己，救了它的命。从这时起，它一发觉远处有敌人就马上把身子紧贴地面，一动不动地趴伏着，那有着隐身衣效果的背毛，能帮助它瞒过哪怕最最锐利的眼睛。

第五章 强盗一样的虎伯劳

小皮克一连几天在草地上跑，但就找不到任何老鼠的踪迹。

后来，皮克来到又一片矮树林。在矮树林后边，它听到熟悉的河浪拍击声。

小老鼠过不了河，只得往另一个方向跑。它跑了整整一夜。天亮后，就钻进树根下边睡觉。

皮克被嘹亮的歌声吵醒。它从树根下面望上去，看到在它的头顶上方有一只身姿美丽的小鸟——它有着粉红色的胸脯，灰色的头和褐红色的脊。它很喜欢听小鸟快活的歌声。它想挨近去欣赏那歌唱家的身姿。它就爬上一棵矮树去，向那小鸟走近。

那只很会歌唱的漂亮小鸟一直没有惊动皮克，所以皮克也不晓得害怕这种鸟。这位歌唱家的身子才比麻雀大一点儿。

无知的小老鼠万没想到这是红背虎伯劳。它虽然歌儿唱得响亮好听，其实却是专干抢劫勾当的强盗。

没待皮克清醒过来，红背虎伯劳已经扑到它的身上，钩形的尖喙已经撞痛了它的脊背。

皮克挨了这猛一撞击，一骨碌从树枝上滚落了下来。

还好，它四脚朝天滚跌下来，幸而落在了柔软的草丛中，并没有受伤。红背虎伯劳再飞下来，再扑到它身上，时间已经来不及，皮克已经抢先一步钻进了树根底下。

狡猾的红背虎伯劳强盗，坐在矮树上等着小老鼠出来。皮克少不得要从树根底下跑出来的。

虎伯劳亮开了夜莺般的歌喉，唱着非常好听的歌，但是小老鼠已经没有兴致去欣赏歌声了。皮克此刻坐着的地方可以清楚地看到虎伯劳蹲坐的那棵矮树。

这棵矮树的树枝上长满了尖尖的长得可怕的刺。这刺——好像枪上的刺刀似的，插着吃不完的、留剩下来的死鸟、死蜥蜴、死青蛙、死硬壳虫和死蚱蜢。这是强盗的空中食库。

小老鼠要是此刻从树根底下出去，那么它也免不了会被插到那刺上去的。

红背虎伯劳鸟就这样定定地守候了一整天。直到太阳落下山去，强盗才到树林里去睡觉。没有了虎伯劳的死亡威胁，小老鼠才悄悄从树根底下钻出来。它一出来就飞跑。

或许是它跑得太急的缘故，它跑错了方向，到第二天早上，它又听到矮树林后面的河水流淌声了。它又只得转身朝另一个方向跑。

第六章 旅行终于到了头

现在，皮克奔跑在一片干涸的沼泽地里。

这里只生长一种干燥的苔草，在这苔草上跑很不轻松，因为没有什么东西可供它充饥：四周看不到一条青虫之类的虫子，也没有一棵饱含汁液的青草。这样，挨饿时它浑身没有了力气。

到第二天夜里，小老鼠感到精疲力竭了。它好不容易勉强挣扎着走到一个小丘上，就再也动弹不了，软软地瘫在地上，眼皮发黏，无力睁开，喉咙干得难受。它躺下来，吮吸苔草上的露水，这才稍稍润了润干得发烧的喉咙。

天亮了。皮克从小丘上远远地看到长满了苔草的山谷，山谷的一侧是一望无际的草地。那上头长满了鲜嫩丰茂的青草，高得仿如一堵翠绿的厚墙。但是皮克已经没有力气让自己站起身来走到那诱人的青草地。

太阳露出了红彤彤的脸，热腾腾地俯望大地。露水很快就被灼热的阳光烤炙干了。

皮克感觉它自己也许就这样完了。它使出最后仅存的一丝力气向前挪动，可是马上又倒了下来，从小丘上滚了下去。它的背先落地，它蹬着四脚翻转身来，可是它在这里看到的依旧是长满干苔藓的小丘。

不过在正前方的小丘上，它看到了一个小黑洞。只是小洞太窄，它钻不进去。

小老鼠看见洞的深处有个什么东西在蠕蠕动弹。

不一会儿，洞口出现了一只胖乎乎毛茸茸的山蜂。它从小洞里爬出来，用脚搓搓圆鼓鼓的肚皮，拍拍翅膀，飞到空中去了。

山蜂在小丘上面兜了个圈，接着向它站着的小洞飞来，在洞口降落，然后抬起屁股，用力挥动坚硬的翅膀，连皮克身上都感觉到有风扇过来。

嗡——嗡！翅膀扇动发出的声音很响。嗡——嗡！

那是山蜂中的吹号手。吹号手就是这样把新鲜的空气送进深深的蜂巢里，使蜂房里的空气流通起来，同时把里面沉睡的蜂伴们叫醒。

过了一阵，山蜂就陆陆续续从蜂房里飞出来，往草地那边飞去，飞到草地上去采花蜜。吹号手最后一个相随飞去。皮克独个儿留在那里。这时候皮克知道为了活命，自己该怎么做了。

皮克挣扎着爬过去，爬爬停停，停停爬爬，终于，它来到蜂巢的小洞口。一股香甜的气息扑鼻而来。

皮克用鼻子撞击泥土，让泥土倾落下来。

皮克接连地撞击着挖掘，直到挖出一个洞来。洞底下是灰色的蜂蜡做成的大蜂巢。在一些蜂房里，躺着山蜂的幼虫，在另一些蜂房里装满了喷香喷香的黄蜜。

小老鼠舔着，贪婪地舔食着香甜的蜂蜜。待到舔完所有的蜜，它就扑向山蜂的幼虫，三下五除二，它把活生生的幼蜂都吃了个一干二净。皮克立即恢复了元气：自从离开妈妈以来，它还从来没有吃过这样美味的食物哩。它继续往深处挖掘，现在挖洞已经一点不费力了，它挖得愈深，找到新的蜂蜜和新的幼虫也就愈多。

突然，皮克不知什么东西在它脸上刺了一针，好疼！它弹跳开去。一只大母蜂从底下向它爬过来。

皮克想要扑过去抓它，可是这时它听见一种怪吓人的嗡嗡声，这是山蜂从草地回来了，这吓人的嗡嗡声就是它们扇动翅膀发出来的。

山蜂的整支大军对着小老鼠猛冲过来，它立刻觉得此地不能久留，就拔腿逃窜了。

皮克四脚齐跳，瞬间离开了山蜂。幸好它长得一身丛密的细毛，挡住了蜂群凶猛的针刺。可是山蜂拣它毛稀疏的地方刺，刺它的耳朵、四脚、后脑勺。

它一口气——也不知是哪来的这样的敏捷——飞一样地跑进草丛。草又高又密，它就躲在里头。

这时候，山蜂也就放过了它，回到它们遭过洗劫的巢穴里去了。

这一天，皮克穿过湿漉漉的草地，自己也弄不清怎么又来到河岸上。

皮克来到一个杂草丰茂的小岛。

第七章 建立家园

皮克来到的这个小岛没有人类居住，连老鼠都没有。在这里生活的只有鸟，只有蛇和青蛙，因为它们渡过宽阔河流漂游到岛上来是小事一桩。

看来，皮克得孤居在这里了。

人尽皆知的鲁滨孙上了那个荒岛，他首先想到的必定是怎样独自一人活下去。鲁滨孙经过一番思虑，以为许多要做的事情中，最重要的是自己建一个可供栖身的屋子，有屋子才能避得风躲得雨，才能防御敌人的来袭。然后，第二步，是开始聚积粮食，为度越寒冬做好准备。

皮克只不过是一只小老鼠，像鲁滨孙能盖房子，它不可能想得那样周到。可是它按天性所做的真就跟鲁滨孙一样——头一件事就是着手为自己建一个屋子。

没有谁来教它怎样建屋子，这本领是爸爸妈妈一生下它来就存留在它血液里的。它盖的房子必然跟所有和它同种的老鼠是一模一样的。

在杂草丰茂的沼泽地上长着高高的苇草，中间夹生着一些蓑衣草。这两种草恰好是建鼠屋最好的材料。

皮克拣了几棵长在一起的小芦苇，爬上去，把顶端咬断，再用牙齿把上端撕裂。它个儿小、身子轻，所以几棵芦苇的茎秆就把它轻小的身子给支撑住。

然后，它再开始收集草叶。它爬到蓑衣草上，把叶子从叶柄的地方咬断。叶子落下来了，小老鼠就爬下来，用两脚抬起叶子，把叶子从紧紧咬住的牙齿间拉过去，这样叶子就只剩下满是纤维的筋，它把这些坚韧的草筋叼到上面去，将它们平展展地嵌铺在裂开的芦茎上。然后，它爬到同样非常细的芦苇上面，把它们压倒在自己身下，再把它们的上端一根根地编结在一起——一座轻盈而又浑圆的小房子就建出了，看上去很像是一个鸟巢。整座房子也就小孩拳头般大小吧。

小老鼠在自己建成的屋子旁边做了个出入口，把青苔、叶片和纤细的草根铺在房子里。接着它来做床，它拖来些柔软温暖的花絮。这卧室做得够棒的！

现在，皮克已经有休息、有躲避风雨和敌人的地方了。这个草窝隐藏在修长的芦苇和丛密的蓑衣草丛中，即使是最锐利的眼睛从远处也是发现不了它的。没有一条蛇能爬到它的窝里来：它的窝悬挂在高处，离地面有好一段距离呢。

这房子搭建得这样好，恐怕鲁滨孙本人来盖，也未必能想得这么巧妙哩。

第八章　不请自来的客人

日子一天天过去。

小老鼠舒舒服服地住在自己的空中小屋里。它在这屋里长大。但是成年的皮克依然个子很小。它不会再长大了，因为它是属于体形小的巢鼠。这类老鼠的身躯比我们常见的灰毛家鼠要小些。

现在，皮克常常好久不在家里。天热的日子，它常到离草地不远的一

124

个池沼里去洗澡。

有一次，傍晚时分，它离家出去，在草地里找到两个山蜂的巢穴，在里头吃饱了蜂蜜，在近旁钻进了草丛，在那里睡着了。

皮克睡啊睡啊，一直睡到天亮了才回家去。它在巢穴下面发觉情形异常：出现了一条又宽又长、黏黏糊糊的痕迹，在地上和草茎上都显得很分明；一条肥肥的短尾巴从它的巢里伸出来。

小老鼠吓得心直抽紧。只有蛇才会有这样滑溜溜的粗尾巴。但是蛇是硬邦邦的，还有鳞片，而这条尾巴却是光滑的，绵软的，黏糊糊的。

皮克鼓足勇气，顺苇秆爬上去，靠到近处去看看这位不请自来的客人。

这时候，尾巴悠悠地转动起来，这可把小老鼠给吓坏了！吓得它直往下滚，摔到地上。它躲在草丛里观察，从那儿它看到这个怪东西懒懒地从它的小屋里徐徐爬出来。

起先，肥胖的尾巴在窝的门口不见了。接着，从那儿现出两根长长的软角，角的上端各顶着一个小泡泡。再接着，又是两只短些的角从里头伸出来，最后怪物那怪模怪样的头伸了出来。

小老鼠看着它慢吞吞爬出来，原来是一条身躯肥硕的大蜗牛啊！它光滑、绵软、黏糊糊的身子从它屋子里爬出来。这大蜗牛从头到尾足足有五厘米长。

蜗牛慢慢爬下来。它软绵的肚子平平地贴在苇茎上，一路爬一路留下黏液。

皮克没等它爬到地面，自己转身溜走了。其实绵软的蜗牛是不会伤害它的，可是皮克看着这慢吞吞爬动的、黏糊糊的、浑身冰凉的动物，总是心生厌恶。

过了几个钟头，皮克才回家。蜗牛已经看不到踪影。

小老鼠钻进自己的窝里。整个窝里满是让它感觉讨厌的黏液。皮克把所有的垫在窝里的苔草统统扔出窝去，铺上新的。一切铺设定当后，它才开始伏下睡觉。

从此以后，凡离家出门它就用一把干草把门口堵住。

第九章 地下储藏室

日子渐渐短起来。夜间也越来越冷了。

岛上的草都结种子，都成熟了。风把它们吹落到地上，鸟儿开始成群结队地飞到小老鼠居住的草地上来叼食草籽。

皮克天天都吃得很饱。于是它渐渐胖起来，毛色也越来越见油光。

现在四脚小鲁滨孙得动手为自己建造储藏室了，好把吃不完的食物储存在自己的仓库里。它在地上挖洞，先挖出一个坑，然后再往前挖，挖得宽大些。接着它把草籽贮藏在里头，像人往地窖里贮藏食物准备过冬那样。

后来，它觉得先前挖的洞还太小，于是又下功夫在旁边挖了个新洞，用地道把两仓库接通。

天老是下雨。地面潮湿了，软和了，草一天比一天枯黄了，随着就一根接一根倒下来。皮克的草屋因此坠下来，现在挂在离地面不多远的高处了。窝里发起霉来。

住在窝里，皮克如今已觉得不舒服了。又过了些日子，草纷纷倒伏下来，这样，窝就成了黑色圆球，吊挂在芦苇的茎秆上，从远处就能看得分明——这样可太危险了。

小老鼠决定搬到地下来住。现在，蛇和青蛙已开始冬眠，所以早已不见了它们的踪影，因此它已不用再怕蛇爬进洞里来，一天蹦跳不停的青蛙也不会再来打搅它了。

小老鼠在一个小坡下面拣了一处干燥和清静的地方来建它的新居。皮克在背风的一面挖了一条通往它新居的路，这样冰冷的寒风就吹不进它的洞里了。

从入口进来，有一条长长的走廊。走廊的尽头开阔些，这是它的圆形卧室。皮克把干苔藓和枯草拽进洞里，给自己铺成了一间过冬的温暖房间。

在新的地下寝室里睡觉既暖和又舒服。接着，它从地下寝室挖一条通往两个地窖的路，让自己可以不出来就能跑进地窖里取食。过冬的一切小老鼠都准备妥当了。现在，最后一步，它把空中那夏季别墅用衰草堵上，拖进地下卧室里去做成一张冬天的眠床。

第十章 积雪和长梦

鸟不再飞到草地上来啄食草籽了。草紧贴着地面，寒风在岛上吼叫，爱刮哪里就刮哪里，爱叫多响就叫多响。

吃吃睡睡的日子使皮克胖得吓人。它感到没有力气多跑，行动显然变得迟钝了。这样它就越发懒洋洋的，于是也就不大出洞了。

一天早上，皮克发现自己的洞口被封死了。它咬开冰冷松脆的雪，走到草地上来。

整个大地一片白。雪在太阳下反射出刺眼的光。小老鼠光裸的脚掌冻得生疼。

很快，冰冻的日子开始了。

要是皮克事先不储备冬粮，那么现在的日子就难过了。想从厚厚的冻雪下边挖出草籽来充饥，对于小老鼠来说，可能吗？

皮克懒洋洋的，总想睡觉，这种倦怠感使它常是一连两三天不离开寝室。

随后，皮克就压根儿不出门了。

它在地下可舒服了。它将自己柔毛浓密的身子蜷缩成一团，惬意地躺在柔软的床上。它小小的心儿跳得越来越慢，越来越轻，呼吸也越来越微弱。一个甜蜜的长梦把它彻底给征服了。

小型的巢鼠跟土拨鼠和天竺鼠一样，在冬天并不会一直睡下去。睡了相当长一段时间以后，这些老鼠的身体就会变瘦，一变瘦就会感到寒冷，于是就会醒过来浑浑噩噩地去找自己的存粮。

皮克睡得很安稳，因为它有整整的两窖草籽呢。可是它没有想到一个突如其来的不幸就要落到它身上。

第十一章 恐怖的觉醒

苦寒的晚上，哥哥和妹妹坐在暖融融的壁炉前。

"这样的日子里，小动物们一定过得很艰难。"妹妹沉思着说，"你还记得小皮克吗？现在它会在哪里呢？"

"谁知道它在哪里呢？"哥哥冷冷地回答说，"一定是早落到哪个活口里去了。"

小姑娘啜泣起来。

"你怎么啦？"哥哥奇怪起来。

"小老鼠真可怜！它那么软不拉几的，黄兮兮……"

"你去可怜一只小老鼠！那样的偷粮贼，我放出捕鼠笼去能给你捉住一百只！"

"我不要一百只！"妹妹哭着说，"给我一只这样小的、带点黄色的……"

"等着，小傻瓜，弄到这样的一只没有问题。"

小姑娘用拳头把眼泪擦干。

"不过记住，你弄到它以后千万别碰它，送给我。答应吗？"

"好吧，哭鼻虫！"哥哥同意了。

那天晚上，他在储藏室里放上了捕鼠器。

偏偏是那天夜里，皮克在它的地下居室里苏醒过来了。

它不是冻醒的。它在睡梦中感觉到有一样什么沉重的东西压在它背上，随即，酷冷就侵入到它毛下的皮肤。

待到皮克完全苏醒过来，它的身体被冻得发抖。皮克的身体上面的泥土和积雪压了下来。屋顶塌陷下来。通道被堵住了。

不能有分秒的迟疑了，寒冷是不喜欢开玩笑的。应该到地窖里去，赶快去拿草籽吃饱，肚饱身体才能暖和些——寒冷冻不死肚饱的动物。

皮克跳上去，跳到外面去，踩着雪，向地窖口跑去。

雪地上到处留下又深又细的小洞眼，那是山羊的脚印。皮克一下接一下在那样的洞眼里跌跤，摔进坑里，爬上来，马上又掉下来。

当它来到它的地窖，它看到那儿有一个大坑。

羊不但把它的地下室破坏了，还吃掉了它仓库里的存粮。

第十二章 踩着雪和冰走

皮克在坑里还是挖到了些许草籽，这是羊蹄踩进积雪里去的。

吃过食粮，皮克稍微恢复了些体力，身体也暖和了许多。它又懒懒地，想睡觉了。不过，它分明意识到：要是此刻睡下去，那么它准会冻僵，冻死。

皮克把自己偷懒的念头打下去，开始奔跑起来。

到哪儿去呢？连它自己也不知道它该往哪儿跑。它只是不断地跑着。

已经是夜晚了，冷月高挂在空中。四周的雪映出淡淡的寒光。

小老鼠跑到河岸，停下步来。河岸陡峭。陡岸下面是一片漆黑的阴影。前面是一条宽阔的河，坚冰在冷月下映出了微光。

皮克小心翼翼地嗅着空气。它害怕在冰上跑——如果在冰面上被发现

了，那可怎么办？至少在雪地里遇到危险，它还可以钻进积雪里躲藏起来。

回去吧，少不得冻死，饿死。前面或许有一个什么地方能找到粮食和温暖。皮克就向前跑去。它走到陡峭河岸下边，离开了那个岛——这是个给过它许多幸福的岛，它在上面过了许多安稳的日子。

然而，敌人凶恶的眼睛已经发现了它。

它还没有跑到河中心，一个迅捷的悄无声息的阴影早已在它身后追赶过来。就是这个轻捷的阴影唰的一下落在冰面上，皮克回头去看，也没看清是什么东西从后面向它追来。

皮克还用老法子逃避危险：它把肚皮紧贴地面，趴着不动。但是没有用了。在幽幽泛着青光的冰面上，它褐色的皮毛被映衬成异常醒目的一团，月夜透明的烟雾也不能隐藏它的身影，从而逃过上面那双恐怖的眼睛。

阴影一下盖住了小老鼠。尖钩般的爪子抠进了它的身体，别说有多疼了！不知是什么东西沉重地啄在它头上。皮克失去了知觉。

第十三章 祸不单行啊

皮克清醒过来时，发现自己在一片漆黑中，它躺在一个又坚硬又不平的东西上面。头和身体上的创伤疼得让它受不了，却感到这地方不怎么冷。

皮克用舌头舔着伤口，眼睛慢慢开始适应了黑暗。

它看到，它是在一个很开阔的地方，圆的墙壁向上面高耸。看不到天花板，只见它头顶上有个大洞。晨曦的霞光虽然还十分暗淡，但已从洞口透映下来。

皮克一看清自己是躺在一个什么东西上面，就即刻惊骇地弹跳起来——原来它是躺在一只死老鼠的身上。老鼠有好几只哩，它们都已经僵硬了：它们躺在这里一定已经有很长时间了。

恐怖给小老鼠以力量。

皮克沿着笔直的粗糙的墙壁爬上去，探头往外面观望。

四下里只见积满了雪的树枝。下面是一片茂密的矮树。

原来，皮克自己是在树上，它是从洞里往外看。

是谁把它给带到这里的呢？是谁把它扔到这树洞底下的呢——小老鼠永远不会知道。它好在没有为揭开这个谜底而浪费心思和时间，这样才得以赢得时间从这里逃出去。

事情是这样的。在结冰的河面追踪并抓走皮克的是大耳朵枭鸟，是这只虎斑枭鸟用嘴撞击它的头，用它的钩爪抓住皮克带到树林里来的。

该是皮克运气好，那时候枭鸟肚子正饱胀，它刚刚抓了一只兔子，把它的肚子撑得满满的。枭鸟胃里再没有容下一只小老鼠的地方了，所以它才决定将皮克先储藏起来。

枭鸟把它带到树林里，扔在自己的树洞储藏室里。枭鸟从秋天开始就在自己的仓库里贮藏死老鼠了，到如今已经有十来只。这是枭鸟的冬粮。冬天漫长，所有动物都不容易找到食物，连枭鸟这种狡猾的夜强盗如没有贮备，也免不了会挨饿的。

当然，枭鸟并不知道小老鼠只是在它的撞击下昏厥过去，要不是这样，它一准会用它锐利的喙啄碎小老鼠的脑壳的。动一下嘴就结果老鼠的小命，

对猛禽枭鸟来说是小事一桩。

皮克还真是走运哩。

皮克顺利地爬下树来，钻进了矮树林中。

到这时皮克才发觉自己身上有一些难受：它每一呼一吸都从喉咙里发出刺耳的声音。原来，虽然枭鸟的一撞没有让它丧失生命，但是枭鸟的利爪把它的胸部给撞伤了，因此，它快跑过后就发出刺耳的噪声。

皮克静静休息一会儿，呼吸就渐渐变得正常起来，刺耳的声音也就消失了。小老鼠吃饱了矮树上苦涩的树皮，重新向前跑去——远远地离开这个恐怖的地方。

小老鼠跑着，它身后的雪地上留下了两行浅浅的脉线，这是它的脚印。

皮克跑到一块空地上，那里有一幢很大的房子，四周有围墙，围墙后面的烟囱正冒着烟。这时候，一只狐狸发现了它的脚印。

狐狸的嗅觉异常灵敏。它一下判断出老鼠刚刚从这里经过，就拔腿追赶起来。它火红的尾巴在矮树林里一闪一闪，不用说，它跑起来比老鼠要快得多。

第十四章 音乐家的悲哀

皮克不晓得自己身后正跟着一只狐狸。因此当两条大狗汪汪叫着从屋里跳出来的时候，它以为自己注定完了。

其实，狗并没有发现它，狗只是向追踪它的狐狸扑过去。

狐狸立刻转身逃跑。它火红的尾巴只一闪，就在丛林里不见了。狗在小老鼠头上跳过去，也追进了丛林。皮克毛发无损地跑进了一个屋子，钻进了地窖里。

皮克在这里闻到一股老鼠的气味。

每种动物都是靠不同的气味来辨别彼此的，就像我们人类凭不同的容貌来分辨彼此一样。

因此，皮克凭气味马上就知道这地窖里住的不是它的同类同种。不过反正都是老鼠，皮克也是老鼠。

皮克对于自己即将和不同种类的老鼠在一起同样感到非常高兴，正像是当年的鲁滨孙从荒无人烟的岛屿回到人间，虽彼此不相识却同样感到异常高兴一样。

皮克马上跑过去寻找老鼠。然而，在这里寻找老鼠却并不像想象的那么简单。这地窖里哪儿都是老鼠的踪迹，到处都有老鼠的气息，而老鼠却连影儿都见不着。

地窖天花板上有老鼠咬出来的一个个小洞。皮克想：老鼠伙伴可能住在那上面。于是它沿墙壁爬上去，从一个洞里钻进去，就出现在一户人家的贮藏室里。

贮藏室地板上堆叠着装得满满的大麻袋。当中的一只下方已经被咬破。麦粒从里面撒落到地板上。

贮藏室靠墙放着木架子。一种非常诱人的气味从里头散发出来。这气味中，有熏肉的气味，烤肉的气味，有炸肉的气味，也有一种香甜的气味。

饿慌了的小老鼠贪馋地扑向美味的食物。

嚼过苦涩的树皮再来吃这美味，它很快就吃得肚子发胀了，觉得都有点透不过气来了。

于是它的喉咙里又不由自主地吱吱响起来，甚至开心唱起来了。

这时候从地板洞眼里探出一张两边翘着胡子的脸来。它那双恼怒的眼睛在黑暗中闪着逼人的光芒，接着一只硕大无朋的灰老鼠蹦进了贮藏室，接着，四只同样个头的老鼠跟了进来。

它们的模样个个都凶势逼人，让皮克根本不敢前去示好。皮克畏缩在一旁不知所措，它害怕地蹲在原地不动，喉咙里的声音就不自觉地越叫越响。

大灰鼠非常不喜欢它叫的声音。

从哪儿来的这只陌生的小老鼠歌唱家呢？灰鼠把贮藏室视为自己的地盘。它们从来不让树林里跑来的野老鼠闯到它们的领地来，也从来没有见过这样吱吱叫唤的老鼠。

一只灰鼠向皮克扑过去，在它的肩上狠狠咬了一口，咬得它好生疼痛！其他四只老鼠跟着扑过来。皮克好容易闪开，逃进一个柜子底下的小洞里。小洞很狭小，灰鼠不能钻进来。这个洞让皮克保全了自己。

然而它非常伤心，灰鼠不是它的同族吗？怎么竟不愿意收留它接纳它呢？

第十五章 捕鼠笼

每天早晨一起来，妹妹都要这样问哥哥："怎么样，你捉到老鼠了吗？"

哥哥把他用笼子捉到的老鼠拿给她看。可都是灰色的大老鼠，小姑娘不喜欢它们。她对它们还有些害怕呢。她一定要一只黄颜色的小老鼠。

"放掉它们，"小姑娘不高兴地说，"这些都不好，我不喜欢。"

哥哥把捉到的老鼠拿出去背着妹妹全淹死在水桶里。最近几天不知为什么根本捉不到老鼠了。

让人觉得最不可思议的是，笼子里的做诱饵的食物每天夜里都被吃掉了。一天晚上，哥哥把一小片香气诱人的熏火腿放在钩子上，撑起捕鼠笼结实的小门，早上起来去看，钩子上的火腿片没有了，而门倒是严严地关上了。

于是他开始检查捕鼠笼，反复查看，看有没有小洞。可是怎么查也不见捕鼠笼上有老鼠进出的小洞。

这样过了整整一个星期，都是偷走了食饵却查不到进出孔。是谁偷了他的食饵呢——哥哥总也不明白。

直到第八天早上，哥哥从贮藏室里跑来，还在门口就对妹妹大声说："捉到了，瞧，毛色带点儿黄！"

"带点儿黄的，带点儿黄的！"妹妹一下兴奋起来，"看，这是我们的皮克！它的小耳朵被割开过的！你还记得那时候你用的小刀吗？你跑去拿牛奶，我马上穿衣服起来。"

她还在床上呢。

哥哥跑到另一间屋子里去了。妹妹从床上起来，先把手里的捕鼠笼放到地板上，接着快快穿起大衣。

可是她再看捕鼠笼的时候，里面已经没有老鼠了。

皮克早就学会从捕鼠笼里逃脱的办法。捕鼠笼的一根铅丝是弯的。普通灰色的老鼠没法从这缝隙钻过，可是小个儿的皮克却能灵活地自由进出。

它是从敞开的小门进笼去，一进去就咬食饵吃，当然笼子小门就会啪的一下关下来，起先它吓了一跳，后来找到了出笼的办法，它就不再害怕了，它镇镇定定地把食饵吃掉，然后不慌不忙地从小缝间挤钻出来。

男孩想了个办法，把有小缝的那一面紧紧靠贴着墙，这下皮克被捉住了。但是当小姑娘把笼子放在房间当中的时候，它就又逃脱了身，钻到一只大箱子后面去了。

第十六章 音乐

哥哥端了装牛奶的碟子回来时，只见妹妹哭得泪流满面。

"它逃掉了！"她含着眼泪说，"它不愿意住在我这里！"

哥哥把牛奶碟子放在桌子上，就去安慰她："别动不动就哭！瞧我马上用长靴去把它给捉来！"

"怎么用长靴捉？"小姑娘感到奇怪。

"很简单！把长靴脱下来，横倒着搁在墙脚边，然后你就去赶老鼠，老鼠就会沿墙脚逃，因为老鼠总是贴着墙脚跑的，它看到靴口，以为这是一个墙洞，就会逃进去躲起来。那样一来，我就可以在靴子里捉住它了。

妹妹忍住了哭。

"不过——"妹妹仔细想了想，说，"咱们还是别去捉它吧。让它住在咱们屋里。咱们没有猫，谁也不会来把它给吃掉。我会天天把牛奶摆在地板上的。"

"瞧你又想出了怪主意！随你便吧。我已经把那只小老鼠送给你了，你爱怎么办就怎么办吧。"

小姑娘把碟子搁在地板上，把面包揉碎放在里面。自己坐在一边等待小老鼠走出来吃。可是直到夜里，它还是不出来。兄妹俩都以为它已经从屋里逃出去了。

第二天早上，牛奶被喝光了，面包屑也被吃掉了。

"我怎样才能把它给养家，让它不怕人呢？"小姑娘一直在琢磨这个问题。

皮克现在日子过得很不错。它每天都能吃得很饱，屋子里没有灰老鼠来威胁它，又没有人来惊动它。它把布片和纸片拖到箱子后边，在那里给自己做了个窝。

它对人依旧害怕，所以只在夜里在孩子们睡下以后偷偷从箱子后面出来。

可是有一次，在白天，它听到了非常悦耳的音乐——有人在吹笛子。笛子的声音轻细柔婉，调子很是忧伤，像是在怨诉什么。

仿佛是那一次，皮克听到了红背虎伯劳强盗的歌声一样，它难以自抑地走出去，它不能控制自己靠近去聆听音乐的诱惑。它从箱子后面爬出来，蹲在屋子中央的地板上听。

笛子是哥哥吹的。

小姑娘坐在哥哥身边听。她先发现了小老鼠。

她的眼睛突然睁大，黑黑的眼睛盯着皮克。她用手肘轻轻碰了碰哥哥，小声儿说：

"别动……你看，皮克出来了。快吹，继续吹，皮克很想听呢！"

哥哥继续吹笛子。

兄妹俩坐在那里，一动不动地坐在那里。

小老鼠聆听着那哀婉的曲调，不知不觉间完全忘记了危险。

它还走到碟子旁边，舔起了牛奶，好像房间里没有人一样。舔了一阵，自己也吱吱地叫起来。

"你听见吗？"小姑娘轻声问哥哥，"它在唱歌呢。"

皮克到男孩放下笛子的时候才忽然明白过来，于是马上跑回箱子后面去。

现在孩子们已经知道，怎样才能让小老鼠来亲近人。他们时不时轻轻吹起笛子。皮克就出来，到屋子中央蹲着听。当它也吱吱叫起来的时候，他们真正的音乐会就开始了。

第十七章 幸福的尾声

这样过不久，小老鼠对孩子们就习惯了，不再害怕他们了。没有音乐，它也会走出来。小姑娘还教会它从她手掌上取面包屑。她坐在地板上，它会爬到她的膝盖上取。

兄妹俩给它做了一幢小小的木头房子，窗是画上的，门是真的。

它住在他们搁在桌子上的这间小房子里。当它出来游玩的时候，它还照样用它捡到的东西把门堵上，布片啊，小纸片啊，棉花啊，它都找来塞住它的小门。

现在连那不喜欢老鼠的哥哥也对皮克非常亲热了。他最喜欢看小老鼠吃东西时用前腿捧住食物的样子，它洗起脸来爪子是那么灵活，就像是人的手。

妹妹很爱听它轻微的吱吱叫声。

"它唱得真好听，"她对哥哥说，"它很喜欢音乐。"

她压根儿就不知道，小老鼠完全不是为了她喜欢听它唱而吱吱叫的，她更不知道，小皮克在来这里前曾经经历过怎样的危险，才完成了它苦恼重重的旅行。

这个故事就在小老鼠感觉幸福的时候结束吧。

小蚂蚁历险记

〔俄罗斯〕维·比安基

小蚂蚁爬上白桦树。它爬上树顶往下望，望到地上它居住的蚂蚁窝小成一点点了。

小蚂蚁蹲在一片树叶上，心想："我在树上歇上一阵，再慢慢下去回家也不迟。"

蚂蚁的时间观念很强：太阳一偏西，就赶紧往回家的路上跑。太阳一西沉到地平线下，蚂蚁们就把所有的进出口和通道统统堵上，接着就睡觉。谁回家晚了，就被关在外头过夜。

太阳向森林落下去。小蚂蚁蹲在叶片上，心里想："没关系，我能来得及的，下树去快得很。"

小蚂蚁蹲着的那片树叶已经黄了，干了。风呼地一吹，这片树叶就飘落下来。

这片树叶飘呀飘，飘过森林，飘过河流，飘过村落。

小蚂蚁随着枯叶飞在空中，一会儿高，一会儿低，它差点儿没有吓死。风把树叶吹送到村外一块草地上空，就在那里抛下了。树叶落在一块石头上，撞伤了小蚂蚁的脚。它在石头上寻思道："我的小脑袋撞破了。我今天回不了家了。这里周围倒是平坦的。要是一切都好好的，我能一下子就跑到家，可现在糟了：我的脚疼得厉害。还挨饿哩，这里只有泥巴。"

小蚂蚁向周围看了看：旁边躺着一条毛毛虫。毛毛虫虽然是虫，但前身有脚，后身也有脚。

小蚂蚁对毛毛虫说："毛毛虫，毛毛虫，背我回家吧。我的脚疼得难受。"

小毛毛虫说："你该不会在背上咬我吧？"

"我不会咬你的。"

"那你就坐上我的背。"

毛毛虫弓起背，后脚碰上前脚，尾巴碰上头。接着又一下拉直，像一根小树枝那样躺在地上。这样子就像丈量土地一样，所以叫"量地虫"。它躺直过后，又弓起身子。毛毛虫就这样往前走着，一边走一边丈量地面。

小蚂蚁在毛毛虫背上，一下上天，一下落地，一下头向地，一下头朝天。

"我再也受不了啦！"小蚂蚁难过地叫道，"停下！不然我要咬你了。"

毛毛虫停住了，直躺在地面上。小蚂蚁爬下来。它已经上气不接下气了。

小蚂蚁四下里望了望：前面是一片草地，草地上横着些断了的草茎。有一只蜘蛛在青草上大步走着，瞧它那细瘦的脚，就像踩着高跷似的，一个脑袋在细脚之间上下摆动着。

"蜘蛛，哎，蜘蛛，背我回家吧！我的脚疼得厉害。"

"好吧，上来吧，我背你。"

小蚂蚁没法儿爬上去，只好沿着蜘蛛脚爬上去，爬到膝盖高处，然后再从膝盖往下爬到蜘蛛背上，因为蜘蛛的膝盖比背还要高。

　　蜘蛛开始踩高跷了，一只脚在这里，另一只脚在那里；它一共有八只脚，像八根织针似的，在蚂蚁眼中晃来晃去。可蜘蛛走得太慢了，大肚子在地上拖着。走得这么慢，小蚂蚁不耐烦了。它差点儿咬蜘蛛一口。这时碰巧走上了一条光滑的路了。

　　蜘蛛停下来。

　　"下来，"它说，"那边有一条虫爬过来了，它会把我的脚咬断的。"

　　小蚂蚁从蜘蛛背上爬了下来。

　　"金花虫，金花虫，背我回家吧！我的脚疼得厉害。"

　　"上来吧，我能飞快地把你送回家。"

　　小蚂蚁刚一攀上金花虫的背，金花虫的六只脚就呼的一下跑起来！它的脚跑得像马那样平稳。

　　六脚马跑呀，跑呀，像在空中飞似的，一点也不觉得颠得慌。

　　眨眼间，它们就跑到土豆地边。

　　"现在你下来吧，"金花虫说，"过土豆地得跳着走，我的脚不能跳。你找别的'马'骑去。"

　　小蚂蚁只得从金花虫的背上爬下来。

　　对于小蚂蚁来说，土豆地简直就是一座密林。要穿过这"密林"，就是强健的腿也得跑上一整天呀，而太阳已经快落下山去了。

　　忽然，小蚂蚁听见有谁在叫它："喂，蚂蚁，我背你，我能一下蹦得老远老远。"

　　小蚂蚁一转身，旁边站着一只小甲虫，小得几乎看不见。

　　"你太小了！你载不动我的。"

"你有多大？上吧，我说行就准行。"

小蚂蚁将信将疑地爬上小甲虫的背，这背小得只能刚刚放下蚂蚁的脚。

"爬上了？"

"爬上了。"

"爬上就抓牢！"

小甲虫从身下伸出一对前脚，这脚像弹簧一般，唰的一下站直了。瞧，它坐在土豆畦上了。唰的一下，蹦到第二畦，唰的一下，蹦到第三畦。

小甲虫不断唰唰地蹦着，直蹦到篱笆旁边。

小蚂蚁问小甲虫："能跳过这篱笆吗？"

"篱笆我跳不过，太高了呀。你去求蚱蜢帮忙吧，它准能行。"

"蚱蜢，蚱蜢，把我带回家吧！我的脚疼得厉害。"

"骑上我脖子吧。"

小蚂蚁骑上了蚱蜢的脖子。

蚱蜢的后腿很长，对半折起缩在肚子下边。它一下高高抬起后腿，然后，一蹦就飞到空中，就像甲虫那样。这时它嚓一下展开它背上的翅膀，于是蚱蜢飞过了围墙，悄悄地落到了地上。

"停！"蚱蜢说，"我们到了。"

小蚂蚁面前是一条河：它一年也游不过去呀。

太阳落得更低了。

蚱蜢说："这河我可跳不过了。它太宽了呀，你等等，我给你叫浮水虫，它能把你载过河去。"

哗啦一声，小蚂蚁一看，水面漂来一只有脚的船。

跑近一看，才知道根本不是船，而是浮水虫。

"浮水虫，浮水虫，背我回家吧！我的脚疼得厉害。"

"好的，你蹲到我背上，我背你过河。"

小蚂蚁蹲上了浮水虫的背。浮水虫从岸边弹开，就像走在陆地上一样，大步流星地在水面上走了起来。

太阳落得更低了。

"亲爱的，走快些吧！"小蚂蚁请求道，"我要进不了家门了！"

"我可以走快些。"浮水虫说。

浮水虫加快了速度！它用脚一撑一撑，就像是滑冰一样，在水面上滑起来。很快就到了对岸。

"你不能在地上跑吗？"小蚂蚁问。

"我在陆地上走起来太艰难了，我的脚不能在陆地上滑，你瞧，前面是森林了。你找另外的'马'吧。"

小蚂蚁向前看，看到前面矗立着一座大森林，巍巍然直入云霄。树梢已经开始遮挡太阳了。不行了，小蚂蚁今天赶不上回家了！

"瞧，"浮水虫说，"你的'马'来了。"

小蚂蚁看到金龟子从旁边爬过。这金龟子太笨重、太不灵活了，难道让它背着能跳得很远吗？不过，浮水虫一唤它，它就停住了脚步。

"金龟子，金龟子，你背我回家吧！我的脚疼得厉害。"

"你住什么地方？"

"在这森林背后的一个蚂蚁窝里。"

"真不近啊……有什么办法呢？上来吧，我送你回蚂蚁窝。"

于是小蚂蚁爬上了金龟子坚硬的甲壳。

"坐好了吗？"

"坐好了。"

"你坐哪儿去了？"

"坐你背上啊！"

"嗨，你真笨！爬到我头上来。"

小蚂蚁爬到了金龟子的头上。哟，刚才好在没有待在它背上——这不，它的背裂成两半，一对坚硬的翅膀往高处飞起来。甲虫的硬翅膀像倒过来的小盆，在盆下面又伸出一对翅膀来，这对翅膀薄薄的，透明的，比上面那对翅膀还要宽还要长。

金龟子噗的一声喷了一下气，接着发出呼呼的声音，像发动起了马达。

"好叔叔，"小蚂蚁请求说，"求你！亲爱的，加加油！"

金龟子没有回答小蚂蚁，只是一个劲儿噗噗喷着气。

呼呼呼！

突然，薄翅抖动起来，开始起飞了。"唏！唏！唏……突——突——突——突！"金龟子腾空而起。它像一小块被抛掷起来的木头，抛得比森林还高。

小蚂蚁从上面看到，太阳快擦着地面了。

金龟子加劲飞着。小蚂蚁连气都透不过来。

"唏！唏！唏！突！突！突！"金龟子飞着，像一颗子弹那样在空中嘶嘶穿越着。

森林在它们身下一闪而过。

瞧，出现了小蚂蚁所熟悉的白桦林，蚂蚁窝就在它们身下了。

金龟子在一棵白桦树上熄了马达，嚓的一下坐在了树枝上。

"好叔叔，亲爱的叔叔！"小蚂蚁感激不尽地说，"我得自己爬下去吗？我的脚疼得厉害，我的脖子也扭伤了。"

金龟子把薄翅收起来。硬壳子从上面把薄翅盖起来。接着慢慢地仔细把薄翅完全收拢。

金龟子想了想说："你该怎么下去我就不知道了。我不敢飞到蚂蚁窝，让你们蚂蚁咬着，疼得可受不了。你该怎么下去，就怎么下去吧。"

小蚂蚁往下瞅了瞅，它的家倒是就在白桦树下边。

小蚂蚁瞥了一眼太阳，太阳已经有一截落到地面下了。

它瞧了瞧四周，四周不是枝就是叶，不是叶就是枝。

就算小蚂蚁一头往下栽，也落不到蚂蚁窝边。

凑巧，它看见旁边蹲着一条卷叶虫，嘴里吐出一根亮晶晶的细丝来，并把丝往树枝上绕。

"卷叶虫，卷叶虫，把我吊回家吧！再晚一分钟，我就要被关在门外，不能进家睡觉了。"

"等等！你没看见我正在纺线吗？"

"大伙都同情我，都不赶开我。对我这样不客气，你还是头一个呢！"

小蚂蚁忍耐不住，就扑过去咬它！

卷叶虫一害怕，一跟头从树上翻到了树枝下。小蚂蚁紧紧抓住卷叶虫的身子不放。不一会儿，它们就一块儿从上面挂了下来。

它们挂在一根细丝上，细丝的上头在树枝上缠得牢牢的，不会掉下来。

小蚂蚁在卷叶虫身上晃动着，就像是荡秋千似的。细丝长长的，从上面挂下来。这是从卷叶虫肚里吐出来的丝，紧紧地拉着，却不会断。小蚂蚁和卷叶虫不断往下挂，往下挂。

它们下面就是蚂蚁窝。窝里这会儿正忙忙碌碌地你来我往，在用泥土堵着入口和出口。

出口和入口一个接一个堵上了，最后还剩下了一个入口。小蚂蚁随着卷叶虫翻了个身，就到家了。

这时，太阳整个儿落下去了。

猫头鹰

〔俄罗斯〕维·比安基

一个老头坐着喝茶。他的茶里有牛奶，所以茶是白生生的。一只猫头鹰飞到老头身边。

"你好！"猫头鹰说，"朋友！"

老头却对猫头鹰说："你，猫头鹰，脸丑，耳翘，鼻子钩钩。你躲着太阳，避着人——我怎么会是你的朋友呢？"

猫头鹰生气了。

"那好，"它说，"老家伙！我夜里就不往你草场飞了，老鼠你自个儿逮去吧。"

老头却说："看来你是想要吓唬我喽！走吧，趁你这会儿还活着。"

猫头鹰飞走了。它躲进了橡树洞，不再出来。到夜间，老头的草场上，老鼠们在各自的洞里吱吱叫着，它们彼此呼唤："亲家哎，伙计哎，猫头鹰不飞来了——脑袋糟糟的、耳朵翘翘的、鼻子钩钩的猫头鹰不飞来了，看见了吧？"

老鼠跟老鼠搭话："猫头鹰不来了，猫头鹰不叫了。如今草场是咱们

的天下了，如今草场是我们的世界了。"

老鼠们从地洞里跳出来，老鼠满草场四处奔窜。

猫头鹰从树洞里伸出头来："嚯——嚯——嚯，老头！你快去看看你的草场去吧，那里的情形糟透了，老鼠们都在说：走啊，咱们出去打猎去！"

"让它们出来好了，"老头说，"鼠群总归不是狼群，老鼠吃不了我的小母牛。"

老鼠把草场搜索了个遍，它们一个劲儿找丸花蜂窝，又翻开地，捉丸花蜂吃。

猫头鹰把头从树洞里伸出来。

"嚯——嚯——嚯！老头！你快去看看你的草场去吧，那里可是一塌糊涂了，你的丸花蜂全飞跑了。"

"让它们飞跑好了，"老头说，"它们对我有什么用，既不做蜜，又

不结蜂蜡，就会把人叮出红糟包！"

给母牛做草料的三叶草垂下了头，可是丸花蜂只顾嗡嗡叫着飞出了老头的草场，对老头的三叶草花看都不看一眼，更不来给三叶草传播花粉。

猫头鹰把头伸出树洞来：

"嚯——嚯——嚯，老头！你快去看你的草场去吧，那里可坏事了，你得自个儿给三叶草传播花粉了。"

"风会来传播花粉的。"老头说着，还是丝毫不着急。

风在草场上游荡，吹动三叶草，把花粉撒落在地面，它根本没好好传播花粉，于是老头草场上的三叶草就不再生长了。这结果，可是老头万万没想到的！

猫头鹰把头伸出树洞来："嚯——嚯——嚯，老头！你的母牛叫了，闹着要吃三叶草哩——给母牛草料吧，你听见了吗？没三叶草，熬粥就没奶油了。"

老头不吭声了，他还有什么好说的呢。

母牛只有吃三叶草才会肥壮，没有三叶草，母牛一天天瘦下去，产奶量明显下降了。给奶牛喂糠喂水，可下的奶尽是些渣渣。

猫头鹰把头从树洞伸出来："嚯——嚯——嚯，老头！我跟你说，你还得求我才行。"

老头整天骂骂咧咧的，净生气，可事情依旧很糟。猫头鹰蹲在树洞里，就不捉老鼠。

老鼠把草场翻寻了个遍，到处找丸花蜂的窝。丸花蜂在别的草场上飞旋着，传播花粉，连望都不望老头一眼。老头的草场上，三叶草不再生长。

母牛没有三叶草充饥，越来越瘦弱了，下奶量少得可怜。老头的茶里没有奶了，茶也不发白了。

老头没东西泡茶了，他只得去求猫头鹰："猫头鹰，我的好兄弟，你救救我吧，这苦头我吃够了，我一个老人，喝茶都没有奶。"

猫头鹰一双大眼骨碌骨碌转了一阵，脚爪笃笃敲了敲。

"既然你求到我头上，"它说，"那我当然要以友情为重。咱们不要互不关心。你以为，我不吃老鼠肚里好受吗？"

猫头鹰原谅了老头，从树洞里走出来，飞到草场上又逮起老鼠来。

老鼠们害怕了，纷纷躲进了地洞，不敢再出来。

丸花蜂又在老头的草场上嗡嗡飞旋，传播着花粉。美丽的三叶草又在老头的草场上茁茁壮壮地长起来。

母牛又到草场上来吃三叶草。

母牛的产奶量猛增。

老头又有奶茶喝了，茶里有奶，茶白生生的，他开口闭口对猫头鹰夸个不停，满怀敬意地请它到他那儿做客。

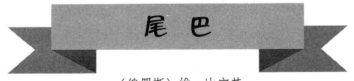

尾 巴

〔俄罗斯〕维·比安基

一只苍蝇飞来，对人央求说："你主宰着所有的动物，你什么都会。你给我做一条尾巴吧。"

"你要尾巴干吗？"人问。

"干吗？"苍蝇说，"就跟所有长尾巴的动物一样，为了好看呗。"

"我所知道的动物当中，认为长尾巴只是为了好看的倒还没有。我看你没尾巴，照样过得好好的。"

苍蝇生气了，就净干让人讨厌的事：一会儿落在甜点心上，一会儿叮在人鼻子上，一会儿在人的左耳边嗡嗡叫，一会儿在人的右耳朵边嗡嗡叫。烦啊，烦得实在让人受不了。于是，人就对它说："得啦！苍蝇，你飞到树林里去，飞到河边去，飞到田野去，那儿你要能找到一只飞禽或一只走兽，对你说它的尾巴长着只是为了好看，你就将它的尾巴拿过来给你自己安上。我允许你拿。"

苍蝇这下可高兴了。转身就从小窗口飞了出去。

苍蝇飞进花园里，看到一片叶子上有一条长尾巴软虫在那里爬动。它飞过去，对软虫大声说："把你的尾巴送给我吧，长尾巴软虫！我知道你长尾巴就只是为了好看。"

"瞧你说的。"软虫说，"我压根儿就没有尾巴，你把我的肚子看成是尾巴了。我的肚子一伸一缩，就这样往前爬。我叫蛞蝓，是一种软体动物。"

苍蝇飞到了小河边，河里有一条鱼和一只虾，它们都有尾巴。苍蝇对鱼说："把你的尾巴送给我吧！我知道你长尾巴就只是为了好看。"

"根本不只是为了好看，"鱼回答说，"我的尾巴是我的舵。你瞧好了，我要往左转，我就把尾巴往右摆，我要往右拐呢，我就把尾巴往左摆。我可不能把我的尾巴送给你！"

苍蝇又对虾说："哎，虾子，把你的尾巴送给我吧。"

"我不能送给你。"虾回答说，"我的腿又细又没劲儿，我不能用腿划水。而我的尾巴又宽又有劲儿。我用尾巴往下猛一拍水，身子就嗖一弹跳。这样一拍一弹，我就往前游动了，往哪儿都行。这尾巴可是我的桨呀。"

苍蝇又往前飞。它飞进了森林，看见花啄木鸟蹲在树干上。苍蝇飞到啄木鸟跟前，说："把你的尾巴送给我吧，啄木鸟！你的尾巴也就是为了好看罢了。"

"说得新鲜！"啄木鸟说，"我的尾巴送给你，我还怎么凿树、找食、造窝啊？"

"干这些你不全用的嘴吗？"苍蝇说。

"你看着我是用嘴，"啄木鸟回答说，"可没有尾巴我什么也干不成。你这就瞧我凿树。"啄木鸟把坚硬结实的尾巴支撑在树干上，把身子晃了晃，随即用嘴凿起树干来——笃笃笃，只见木屑从它嘴边往四方飞溅！

苍蝇看着，发现啄木鸟凿树是稳稳坐在尾巴上的，它确实不能没有尾巴呀，尾巴对它起了支撑作用。苍蝇继续往前飞。

它看见矮树林的丛莽间有一头母鹿，带着几头小鹿。母鹿的尾巴白生生的，又短又小，却毛茸茸的。苍蝇嗡嗡叫着飞了过去。

"母鹿，把你的尾巴送给我吧！"

母鹿吓了一大跳。

"说什么呢你，你说什么来着？"它说，"要是我把尾巴给了你，我的小鹿崽们就找不到我了。"

"鹿崽们同你的尾巴有什么关系？"苍蝇弄不懂了。

"怎么没有关系？"母鹿说，"狼追我们的时候，我得带鹿崽们跑进森林躲起来。鹿崽们就凭我尾巴的小白点，在密林中辨别母亲奔跑的方向，紧紧追随着母亲。我向鹿崽们摇晃小白尾巴，就像挥动着小白手巾：'哎，到这边来，这边！'它们一看见前头有小白点一闪一闪的，就随我跑来了。我们用这个办法，一家子都逃脱了狼的追逐。"

苍蝇没有办法。它只好又往前飞了一阵。

苍蝇看见了一只狐狸。嗬！这狐狸的尾巴真没说的！尾毛密密丛丛，火红火红，要多漂亮有多漂亮！

"行，"苍蝇打着如意算盘，"这条尾巴就归我了！"

于是苍蝇飞到狐狸跟前，嚷嚷道："把你的尾巴给我！"

"嚷什么呀？苍蝇！"狐狸回答说，"我要是没有了这根尾巴，就全完了。猎犬们追我时，跑得比我快，我会一下子就被它们逮住的。我就用甩尾巴的办法，把猎犬们给骗过去。"

"这话怎讲？"苍蝇问道，"用尾巴骗狗？"

"我看狗快要追上我的刹那，就猛甩尾巴。我将尾巴往两边使劲甩，甩右边，我往左边跑，甩左边，我往右边跑。猎犬看见我的尾巴往右，赶忙没命地往右追去。等它们清醒过来，发觉自己上当受骗时，我已经逃得远远的了。"

苍蝇看到所有动物的尾巴都是有用的，林间、河里，找不到一条尾巴是多余的。没有办法，它只好飞回家。它暗自寻思："我还是飞到人那里去闹，惹他讨厌，叫他烦心，直到他给我做出一条尾巴来为止。"

人正坐在小窗口，眼向着院子看。

苍蝇待在他鼻子上，人伸手啪的一下朝鼻子扇去！可苍蝇早已叮到他的额角了。人伸手啪地朝额头扇去，苍蝇又飞到他的鼻子上了。

"苍蝇，你别烦我了！"人开口说话了。

"我就缠你！"苍蝇嗡嗡叫着说，"你干吗叫我去找闲着不用的尾巴？干吗这样来捉弄我？我问过所有的动物，没有一样动物说它的尾巴是没用的。"

人这下明白了：这苍蝇是非缠住他要尾巴不可了，这要烦到什么时候呢？

人想了想，忖出了一个主意，便说："苍蝇，苍蝇，你瞧那边，那边院子里有条母牛。你还是去问问它那根尾巴有什么用吧。"

"倒也是，"苍蝇说，"不过，要是母牛不肯把它的尾巴给我，那么，人哪，我今天就烦死你！"

苍蝇飞出小窗，看见母牛躺着，就嗡嗡飞过去一遍又一遍地问："母牛，

母牛，你要尾巴做什么用？母牛，母牛，你要尾巴做什么用？"

母牛先是不吭声，一直不吭声，后来它抬起尾巴"嚓啦"抽打了一下自己的背，就这一下，准准地，把苍蝇给打死了。

苍蝇落到地上，断了气，几只细脚往上翘起。

这时，人从小窗口伸出头去，说："苍蝇，这是你的报应！你不该没完没了地烦人，你也不该没完没了地烦动物，不该这样讨厌。"

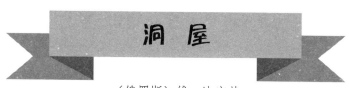

洞 屋

〔俄罗斯〕维·比安基

森林里矗立着一棵大橡树。它很粗很大——它已经是一棵很老很老的橡树了。

飞来一只啄木鸟，头上戴顶红帽子，嘴壳尖尖的，很锋利。

它沿树干一会儿跳一下，一会儿跳一下，同时拿嘴壳子在树干上笃笃敲几下，接着又笃笃敲几下。它敲敲听听，听听敲敲，接着就开始凿洞，凿呀凿，凿呀凿，凿出了一个很深很深的洞。夏天，它就在自己凿出的洞里住，直到孵出一窝小啄木鸟来，然后，自己飞走了。

冬天过去了，又到了夏天。

白头翁听说这里有个洞。它飞过来看。它看见，有一棵橡树，橡树树干上有一个洞。这给白头翁当洞屋不是挺合适的吗？

白头翁问："洞屋，洞屋，谁在洞屋里住呢？"

洞屋里没有传出回音——嗨嗨，这洞屋是空的呢。

白头翁往洞屋里运进一些干草，开始在洞屋里住下来，在里面孵它的孩子。

白头翁在里面住了一年又一年，渐渐地，老橡树枯了，掉下一些木屑来。洞屋于是越来越大，越来越宽。

第三年，黄眼猫头鹰得知有这么一个洞屋。

猫头鹰飞过来。它看见这棵橡树，橡树上有个洞屋，洞口有它脑袋那么大，就问："洞屋，洞屋，谁在洞屋里住呢？"

"尖嘴的花啄木鸟在这里住过，现在是我在这儿住。我是白头翁，是丛林里的头号歌手。你是谁？"

"我是猫头鹰。你要是落到我爪子里，那你就算活到头了。我半夜三更飞来，呼啦一口，就把你给吃了！趁你还囫囵活着，你赶快给我滚出这洞屋！"

白头翁眼看来者不善，就知趣地飞走了。

猫头鹰什么也没添置，没加装修，只是在洞底垫了些自己的羽毛，就住下了。

猫头鹰住了一年，住了两年。老橡树开始朽烂了，树洞也大了许多。

第三年，松鼠知道了这洞屋。它一跳一蹦地过来，一看是一棵橡树，橡树上有个狗脑袋大的洞，便问："洞屋，洞屋，谁在洞屋里住呢？"

"嘴儿尖尖的啄木鸟在这儿住过，接着是丛林里的头号歌手白头翁在这儿住过。现在是我在这儿住，我是猫头鹰。你要是落到我爪里，你可就算活到头了。你是谁？"

"我是松鼠，我爱在树枝上蹦蹦跳跳，我爱在洞里静静地蹲着。我的牙齿尖尖的，跟针一般。趁你还囫囵活着，快把洞屋给我倒腾出来！"

猫头鹰怕松鼠，就知趣地飞走了。

松鼠运来些干苔藓，开始在洞屋里住了下来。

松鼠住了一年，住了两年，老橡树越发朽烂了，树洞更大了些。

第三年，貂知道了这个洞屋，跑来一看，是一棵橡树，橡树上有一个人头般大的洞，就问："洞屋，洞屋，谁在洞屋里住？"

"嘴儿尖尖的啄木鸟在这儿住过，接着是丛林里的头号歌手白头翁在这儿住过，接着是猫头鹰在这儿住过，你要是落到它爪里，你可就算活到头了，现在是我在这儿住，我是松鼠，我爱在树枝上蹦蹦跳跳，我爱在洞里静静地蹲着。你是谁呀？"

"我是貂，所有小个子野兽的杀手。我比黄鼠狼还厉害，跟谁我都不啰唆，趁你还囫囵活着，赶快从这洞屋里滚出去！"

松鼠怕貂，就知趣地一跳一蹦走了。

貂不往里搬什么，只在洞里铺上点儿自己的软毛，就住下了。

貂住了一年，住了两年，这橡树朽烂得更厉害了，树洞也就更大了。

第三年，蜜蜂知道了有这么一个洞屋。它们就飞来找。它们看见一棵橡树，橡树上有个马头般大的洞。它们绕树洞飞着，边飞边嗡嗡叫唤："洞屋，洞屋，谁在洞屋里住呢？"

"嘴儿尖尖的啄木鸟在这儿住过，接着是丛林里的头号歌手白头翁在这儿住，接着是猫头鹰在这儿住过，你要是落到它爪里，你可就算活到头了，松鼠在这里住过，它总是一跳一蹦的，它爱在树洞长时间地蹲着。现在是我在这儿住，我是貂，是所有小个子野兽的杀手。你们是谁？"

"我们是一窝蜜蜂，我们很齐心的，我们飞起来像一团云。我们飞着、旋着、嗡嗡叫着，碰上敌人就叮，大兽小兽没有不怕我们的。趁你还囫囵活着，

赶快从这洞屋里滚出去！"

貂怕蜂群，就知趣地逃了。

蜜蜂运来一些蜡，就在洞屋里住下来。

住了一年，住了两年，橡树已经朽烂不堪了，洞自然也就更大了。

第三年，熊知道有这么一个洞。它过来一看，是一棵橡树，橡树上有个窗户一般大的洞，就问："洞屋，洞屋，谁在洞屋里住呢？"

"嘴儿尖尖的啄木鸟在这儿住过，接着是丛林里的头号歌手白头翁在这儿住过，接着是猫头鹰在这儿住过，你要是落到它爪里，你可就算活到头了，松鼠在这里住过，它总是一跳一蹦的，它爱在树洞长时间地蹲着。后来貂在这儿住过，它是所有小个子野兽的杀手。现在是我们在这儿住，我们是一窝蜜蜂，我们很齐心的，我们飞起来像一团云。我们飞着、旋着、嗡嗡叫着，碰上敌人就叮，大兽小兽没有不怕我们的。你是谁？"

"我是熊，大家都叫我米夏，我来当你们洞屋的屋顶吧！"

熊爬上橡树，把头伸进树洞，接着拿嘴往下压，好把它最最喜欢的蜂蜜从蜂窝里榨出来。

橡树顿时被劈成两半，从里头噼里啪啦掉出许多东西来，算起来倒也是，多少年了啊，多少年积在里头的东西——有兽毛，有羽毛，有绒毛，有干草，有尘土，有蜂蜡……

什么都有，就是橡树洞屋没有了。

不用斧子的工匠们

〔俄罗斯〕维·比安基

有人给我出了个谜语。谜语说："没手没斧，照样盖屋。是什么？"

你猜是什么，是鸟窝。

我细一留神，一点不错的呀！瞧，这是个喜鹊窝。像是用圆木搭建一般，喜鹊用枯枝做成了自己的窝；地板用泥抹过，铺一层干草；从正中央进出；屋顶是用细枝盖起来的。还有哪点不像是我们的小木屋吗？可谁又见过喜鹊动手用斧子呢？

每每想起鸟造窝，我的心就发软：哦，不易啊，真是不易啊，设身处地想想，它们没有手，没有斧子，但是要住啊，要过日子啊，这些苦命的鸟儿啊不得不给自己盖上个房子！于是我寻思起来：既然盖房子对它们来说是这样的不容易，那么该怎么帮它们才好呢？

给它们安上一双手是做不到的。

那么斧子……小斧子倒是能够为它们弄到的。

我找来一把小小的斧子，跑到园子里去。

巧了，有一只夜鹰在草丛当中蹲着。我向它走过去："夜鹰，夜鹰，

你没有手、没有小斧子，给自己做个窝挺难的是吧？"

"可我压根儿就不搭什么窝！"夜鹰说，"你瞧，我这会儿在什么地方孵蛋。"

夜鹰抬起翅膀飞起来，这时我看见它身下草丛间有个凹坑。凹坑里有两个小个儿蛋，大理石一般，非常好看。

"是啊，"我寻思道，"这夜鹰是既用不着手也用不着斧头的了。没有手、斧子它照样能把孩子孵出来。"

我继续快步往前走。

我来到一条小河边。瞧，那边有一只小攀雀在矮树林里的树枝上跳来跳去，它用小巧的嘴在一点一点把柳絮啄起来。

"小攀雀，这柳絮你拿去能派什么用场啊？"我问它。

"用它做窝啊，"它说，"我的窝要做得茸茸的，软软的，就像你们人的手套一样。"

"是啊，"我寻思道，"这斧头对小攀雀也没有用场啊，它们只要捡捡柳絮就可以了……"

我继续快步往前走。

我走到一幢房子跟前。瞧，那屋檐下一只小燕子正忙着垒窝呢。它用小小的喙在河边抠起一小块泥，用小小的喙把它给搅和搅和，再用小小的喙叼着往屋檐下搬。

"是啊，"我寻思道，"小燕子这里也用不上我这小斧子。连拿都不用拿出来。"

我继续快步往前走。

我走进一片矮树林里。瞧，那边云杉树上有一个歌声婉转的鸲鸟窝。哦，瞅瞅，瞅瞅，多漂亮的一个小窝窝啊！外面用绿色的苔藓装饰着，里面呢，像碗似的水光油滑。

"你是怎么做成这样漂亮的窝的呢？"我问，"你是用什么把窝里面装修得这么好的呢？"

"我装修，就用自己的小爪子和嘴呀，"歌声婉转的小鸲回答说，"我的窝用唾液加上木屑，搅拌搅拌，然后水泥似的一点一点抹上去。"

"是啊，"我寻思道，"你这里也用不上我的小斧子。我得去找干木匠活的鸟儿。"

就在这时，我听得一阵笃笃声——笃笃笃，笃笃笃——从林子里传来。

我往笃笃声传来的地方走去。那里我见到了啄木鸟。

啄木鸟蹲在白桦树的树干上干它的木活，它要在上边挖个洞，好在里边孵它的小孩子。

我走上前去，说："哎，啄木鸟，啄木鸟！你别用你的嘴壳子敲打了！你这样老敲老敲，脑袋一定震疼了吧？你瞧，我给你带来什么样的工具，一把真正的斧子，铁打的，你一准用得着！"

啄木鸟往下看了看我手里的小斧子，说："谢谢，不过你的斧子我根本用不着。你看，我这样干我的木匠活不挺好吗？爪子紧紧抓牢树皮，尾巴稳稳撑住身子，身子弓成90度，扬起头，嘴巴笃一下砸下去——这时你看见什么？只见小木片、细木渣从我嘴边往四处哗啦哗啦飞出去！"

啄木鸟的话让我觉得自己很没趣。看来，所有的鸟都是不用斧子盖房子的，它们个个都是不用斧子的工匠。

　　这时我看见一个老鹰的窝，显然是用一大堆树枝搭建成的，架在林子最高的一棵松树上。

　　"瞧，"我想，"这才是需要用斧子的角色呢，树枝，这么粗的树枝，没有斧子砍准不成！"

　　我走到那棵松树下，抬头大声说："哦，老鹰，老鹰！你瞧，我给你带来一把小斧子！"

　　老鹰扑腾扑腾翅膀叫起来："噢，谢谢，小伙子！把你的斧子扔在我这堆树枝上吧，我再去叼些树枝来，加盖在你的斧子上，有你这铁疙瘩，我的窝会筑得更结实更壮观，一定的！"

图书在版编目（CIP）数据

会走路的牛奶 / （波）扬·格拉鲍夫斯基等著；韦苇译 . -- 北京：北京时代华文书局，2018.8
（写给孩子的动物文学）
ISBN 978-7-5699-2461-9

Ⅰ．①会… Ⅱ．①扬… ②韦… Ⅲ．①儿童小说－短篇小说－小说集－世界 Ⅳ．① I18

中国版本图书馆 CIP 数据核字（2018）第 122178 号

写 给 孩 子 的 动 物 文 学
Xiegei Haizi de Dongwu Wenxue

会 走 路 的 牛 奶
Hui Zoulu de Niunai

著　　者 | [波]扬·格拉鲍夫斯基 等
译　　者 | 韦 苇

出 版 人 | 陈　涛
选题策划 | 许日春
责任编辑 | 许日春　沙嘉蕊
插　　图 | 赵　鑫
装帧设计 | 九　野　孙丽莉
责任印制 | 刘　银

出版发行 | 北京时代华文书局 http://www.bjsdsj.com.cn
　　　　　北京市东城区安定门外大街 138 号皇城国际大厦 A 座 8 楼
　　　　　邮编：100011　电话：010-64267955　64267677
印　　刷 | 永清县晔盛亚胶印有限公司　0316-6658663
　　　　　（如发现印装质量问题，请与印刷厂联系调换）
开　　本 | 710mm×1000mm　1/16　印　张 | 11　字　数 | 124 千字
版　　次 | 2018 年 10 月第 1 版　印　次 | 2020 年 5 月第 2 次印刷
书　　号 | ISBN 978-7-5699-2461-9
定　　价 | 32.00 元

本书中有个别篇幅经过多方联系，未能联系到作者，如作者见此信息，请与我们联系，谢谢！